Loriano Macchiavelli

Die Mörder von Sanleonardo

PIPER ORIGINAL

Loriano Macchiavelli

Die Mörder von Sanleonardo

Kriminalroman

Aus dem Italienischen
von Sylvia Höfer

Piper München Zürich

Mehr über unsere Autoren und Bücher:
www.piper.de

Die italienische Originalausgabe erschien 2003 unter dem Titel »Ombre sotto i portici« bei Giulio Einaudi editore in Turin.

Von Loriano Macchiavelli liegen im Piper Verlag vor:
Unter den Mauern von Bologna
Tödliches Gedenken

Deutsche Erstausgabe
Januar 2009

Satz: Uhl + Massopust, Aalen
Druck und Bindung: CPI – Clausen & Bosse, Leck
Printed in Germany ISBN 978-3-492-27130-1

In einer kalten, turbulenten Winternacht …

Wenn ich schon so anfangen soll, wie es den Regeln der Kunst entspricht und wie man richtiger- und logischerweise anfangen sollte, dann muss ich mit dem Büro von Hauptkommissar Raimondi, Vorname Cesare, beginnen und mit Kommissar Sarti, Vorname Antonio, der, auf dem Sitz von Wagen 28 zusammengekrümmt, eine Runde durch die Stadt dreht und sich den Bauch hält wegen der Stiche, die ihm seine Kolitis versetzt … Und der davon träumt, dass ihm (Sarti Antonio, Kommissar) seine Toilette zu Hause die Erlösung schenkt.

Hauptkommissar Raimondi Cesare (dem Kolitis und Toilette scheißegal sind) hat auf seinem Schreibtisch ein Plakat ausgebreitet, ein schönes, buntes, von oben bis unten vollgeschriebenes Plakat, auf dem ungefähr das Folgende steht:

Studenten, Arbeiter, Bürger!

Die Verhältnisse in unserem Land sind unhaltbar! Die Schulen funktionieren nicht; die Lebenshaltungskosten sind so hoch, dass wir kaum überleben können; die Arbeit in den Fabriken ist entfremdend, und die faschistische Polizei unterdrückt die Basisbewegungen, nimmt unsere Genossen fest und bringt sie um! Mit diesen Zuständen muss Schluss sein! Wir wollen eine neue Ge-

sellschaft, die nur aus der Revolution der Arbeiter und Studenten hervorgehen kann! Kommt massenhaft zum Theater Sanleonardo heute Abend um 21 Uhr.

Die revolutionäre Basisbewegung, eigenständig gedruckt.

Es ist nicht ganz klar, ob heute Abend um 21 Uhr im Theater *Sanleonardo* (ja, in einem Wort: *Sanleonardo*) die neue Gesellschaft aus der Revolution der Arbeiter und Studenten hervorgeht (wo bleiben eigentlich die Bauern?), oder ob die revolutionäre Basisbewegung beschlossen hat, eigenständig zu drucken, und zwar heute Abend im Theater *Sanleonardo*.

Tatsache ist, dass die Stadt gepflastert ist mit diesen Plakaten, die nicht nur eigenständig gedruckt, sondern auch eigenhändig geklebt wurden. Eine Tatsache, die Hauptkommissar Raimondi Cesare gar nicht gefällt. Nicht so sehr wegen der »faschistischen Polizei«, das wäre ja gar nicht so übel, sondern weil die Polizeistreifen im Laufe der Nacht keine Menschenseele beim Plakatekleben gesehen haben.

Sie sind durch eine schöne, leere und saubere Straße gefahren, und drei Minuten später, als sie wieder durchkamen, da war plötzlich alles vollgeklebt!

Hauptkommissar Raimondi Cesare kann das nicht so einfach hinnehmen; denn wenn jedermann seinen Scheiß an die Mauern kleben kann, ohne dass die Polizei es merkt, dann kann auch jedermann das Innenministerium stürmen, die Präfektur, das Polizeipräsidium, den Sitz der italienischen Rundfunk- und Fernsehanstalt RAI, den des Post- und Telekommunikationswesens und so weiter.

Er hängt sich also ans Telefon: »Heute Abend will ich

zwei Mannschaftswagen an der Porta San Vitale, zwei im Vicolo Bolognetti, zwei auf der Piazza Aldrovandi und zwei vor dem Palazzo Comunale. Ich will, dass sie Funkverbindung halten untereinander und mit der Zentrale. Ich will, dass die Männer ausgerüstet und einsatzbereit sind! Ich will Sarti Antonio in meinem Büro!«

»Heute Abend?«

»Sarti Antonio will ich sofort!«

»Er fährt Streife mit Wagen 28…«

»Bestellt ihn her!«

»Zentrale für Wagen 28 – kommen! …Zentrale für Wagen 28 – kommen!…«

Sieben Minuten später steht Kommissar Sarti Antonio keuchend und schwitzend vor Raimondi Cesares Schreibtisch und hält sich die noch ganz tauben Hände vor dem Bauch. »Sie haben mich rufen lassen?«

»Ja, genau. Setz dich, setz dich… Hast du das gesehen?« Und er wedelt ihm mit dem Plakat vor der Nase herum. »Hast du das gesehen?«

»Ja, die hängen überall…«

»Ich weiß. Und niemand hat, gewissermaßen, gesehen, wie sie aufgehängt wurden!«

»So was kommt vor.«

»Von wegen! Ich möchte mal wissen, wo ihr hinschaut, wenn ihr Streife fahrt…«

»Ich war im Bett…«

»Ich meine nicht dich, ich meine alle!«

Er entspannt sich ein bisschen, weil er spürt, dass sein Blutdruck steigt und seine Ohren rot anlaufen.

Er entspannt sich, holt tief Luft und fährt ruhiger fort: »Ich will wissen, wer diese ›Basis-Revolutionäre‹ sind, und du wirst, gewissermaßen, heute Abend da rein gehen.«

»Das geht nicht.«

»Was soll das heißen?«

Kommissar Antonio Sarti versucht es ihm zu erklären: »Also, dieses Theater *Sanleonardo*, wie diese Leute es nennen, ist ein Klub, ein geschlossener Verein ... Das heißt: Es ist eine entweihte Kirche, die irgendjemand mit Stühlen, Bühne, Scheinwerfern und allem Drum und Dran ausgestattet und zu einem Theater umgebaut hat. Dann haben sie einen Kulturverein gegründet, und Zutritt haben dort nur Mitglieder mit Ausweis. Kurz gesagt, sie haben die Dinge so geregelt, dass wir ausgeschlossen sind und sie drinnen machen können, wozu sie Lust haben.«

»Dann trittst du eben in den Verein ein, nimmst den Ausweis und gehst, gewissermaßen, auch rein.«

Sarti Antonio sieht ihn an, wie er seinen Hund ansehen würde, wenn er einen Hund hätte. Die Kolitis setzt ihm schon seit dem frühen Morgen zu, und als er gehört hat: »Zentrale für Wagen 28 – kommen! Kommissar Sarti melden! Zum Rapport zu Hauptkommissar Raimondi Cesare ...«, sind die Schmerzen geradezu bestialisch geworden.

So ruhig, wie er nur kann, sagt er: »Mich kennen doch alle! Wenn ich auftauche und einen Ausweis verlange, lachen sie mich aus.«

Hauptkommissar Cesare Raimondi malträtiert das Plakat auf seinem Schreibtisch. »Mach, was du willst! Versteck dich hinter einer Tür, verkleide dich als Frau, setz dir so eine Pilzkopfperücke auf! Mach, was du willst, sage ich dir, aber ich will die vier Mistkerle haben, die diesen

Schwachsinn organisiert haben!… Wie du das machst, ist deine Sache!«

Kommissar Sarti Antonio geht, ohne zu grüßen. Er flucht nicht, denn auch der genervteste Polizist weiß, dass eine sittenwidrige Ausdrucksweise mit Geldstrafe und, in schweren Fällen, sogar mit Freiheitsentzug bis zu drei Monaten geahndet wird.

Und so sind wir also in der kalten, turbulenten Winternacht angelangt. In dieser kalten, turbulenten Winternacht sitzt Sarti Antonio, Kommissar, in seinem 850er Fiat mit dem Kennzeichen Bo 234 und so weiter vor dem Theater *Sanleonardo*.

Und ich weiß wirklich nicht, wer auf die Idee gekommen ist, es »Theater« zu nennen: Es ist eine alte, ums Jahr 1000 errichtete und inzwischen aufgegebene Kirche. Vielleicht war das auch der Grund, warum während des Krieges (eines der letzten Kriege) ausgerechnet die Kuppel über dem Hauptaltar von einer Fliegerbombe getroffen wurde. Später haben sich dann die vier Revoluzzer ins Zeug gelegt, die Kirche bestmöglich umfunktioniert und Bänke hineingestellt, eine Bühne aufgebaut und zehn Scheinwerfer mit allem Drum und Dran montiert und das Ganze dann Theater genannt.

Von jenem Tag an müssen alle (und ich habe nicht genau verstanden, warum, und muss mir das noch mal erklären lassen), die ihren Fuß in das »Theater« setzen, zwangsläufig »Extremisten« sein – ob sie nun reingehen, um zu singen, zu tanzen, Musik zu machen oder sich Witze zu erzählen.

Drinnen steht, abgesehen von dem Drum und Dran, sogar noch der heilige Leonhard in seiner Nische, groß, dick und aus Gips, und beobachtet mit aufgerissenen Augen das Kommen und Gehen. Abgesehen von der riesigen roten Säufernase hat er nichts Heiliges mehr an sich; er steht brav da und hat um den Hals eine ganze Reihe von Pappschildern je nach dem Geschmack der Gäste im Saal. Heute Abend zum Beispiel trägt er gottergeben ein Schild, auf dem steht: »Nicht mit Gold …« mit dem Foto eines ehrbaren Herrn, der auch Signor Agnelli ähneln könnte, zusammen mit einem anderen Herrn, der niemandem ähnelt. Letzterer, dieser anonyme Mann, hat eine Maschinenpistole, zwei Granaten, ein paar Dolche und zwei Revolver in den Händen.

Draußen sitzt Kommissar Sarti und registriert alle, die reingehen. Er macht sich klein auf seinem Sitz, denn wenn jemand einen Blick in seinen Ottoecinquanta wirft und ihn erkennt, wird es damit enden, dass alle aus dem Theater herauskommen und ihm ins Gesicht lachen.

Schließlich hat es den Anschein, als wäre die Prozession zu Ende: Es geht keiner mehr rein. Im »Theater« sind vielleicht dreihundert Leute oder ein paar mehr. Und alle, um zu diesem Staat »Basta!« zu sagen und eine Gesellschaft zu schaffen und so weiter … Für eine Stadt mit einer halben Million Einwohner ist das eine gute Quote … Man schließt das Tor, und wer drin ist, ist drin. Wer noch draußen ist, hat eben Pech gehabt.

»Und jetzt?«

Jetzt wird Kommissar Antonio Sarti dort ausharren und sich wer weiß wie viele Stunden lang mit Kälte auftanken und am Ende beschließen, dass nun der Augenblick gekommen ist, nach Hause zu fahren. Er dreht den Zündschlüssel, und das Portal der Kirche (des Theaters) geht auf, und heraus kommen alle, wie am Ostersonntag in irgendeinem Kaff in den Bergen. Nur dass sie statt des Olivenzweigs Plakate in der Hand halten, die so gar nichts Österliches an sich haben. Alle schön in Reih und Glied; es gibt auch einen Typ mit einem Megafon, der sich heiser brüllt:

»Polizei und Präfektur / kommt nur raus, wir bleiben stur! Polizei und Präfektur / kommt nur raus, wir bleiben stur!«

Wenn man bedenkt, dass es fast Mitternacht ist und dass die Via San Vitale zur Fußgängerzone der Altstadt gehört, wo keine Autos fahren und folglich absolute Stille herrscht, dann versteht man, warum die Fenster aufgehen und die Leute gucken, wie die Revolution aussieht.

Wenn man außerdem weiß, dass Raimondi Cesare, Hauptkommissar, in dieser Gegend fast überall Mannschaftswagen postiert hat, dann ist es nur logisch, dass in dieser kalten Winternacht zwanzig Sekunden später die Sirenen losheulen.

Die Polizisten springen aus dem Wagen, schon bereit, zuzuschlagen: heruntergeklapptes Visier, Schild aus durchsichtigem, höchst durablem Plastik, Schlagstock aus Hartgummi, wie sich's gehört, Anfangsgeschwindigkeit der Verfolgungsjagd zwanzig Kilometer pro Stunde. Das muss man erlebt haben! Sarti Antonio, Kommissar, lässt das Fenster herunter und beugt sich hinaus, um besser zu sehen: In dem ganzen Getümmel kümmert sich keiner um den Fiat 850 mit dem Kennzeichen Bo 234 und so weiter.

Wer es nicht schafft, die Flucht zu ergreifen, der kehrt um und verbarrikadiert sich im Theater (in der Kirche): Wer draußen geblieben ist, muss gewaltig gegen das Portal pumpern, bevor sie aufmachen …

»Ich sehe Rosas nicht. Er ist doch reingegangen.«

»Sie haben ihn bestimmt schon aufgesammelt…«

Ein paar Mannschaftswagen haben sich unter den Arkaden der Altstadt auf eine pittoreske Karussellfahrt begeben. Vier Typen, mit Bart, wie sich's gehört, schlüpfen am Ottoecinquanta vorbei, ohne ihn eines Blickes zu würdigen. Im Schnellschritt biegen sie in die Via dell'Unione ein, die einzige Straße, die noch nicht von der Polizei abgeriegelt ist. Sie stürzen sich in den erstbesten Hauseingang und ziehen die Tür hinter sich zu.

»Die kenne ich. Aber ich sehe Rosas nicht…«

Alles ist sehr schnell vorbei: Die Leute schließen die Fensterläden und legen sich wieder schlafen. Möglicherweise steht morgen Früh jemand mit einer Erkältung auf. Aber was ist schon eine Erkältung, wenn die Revolution vereitelt oder zumindest verschoben wurde?

Sarti Antonio, Kommissar, kurbelt das Autofenster hoch, dreht erneut den Zündschlüssel und fährt los: Morgen reden wir weiter.

Eine liebe, süße alte Dame

Hilfskommissar Felice Cantoni hat allmählich die Schnauze voll: Nachdem er eine geschlagene Dreiviertelstunde gewartet hat, kommt er zu dem Schluss, dass es jetzt an der Zeit ist, nach oben zu gehen. Vielleicht hat der da oben eine Kolitisattacke erlitten und ist ihr auf dem Lokus erlegen. Cantoni zieht also die Schlüssel von Wagen 28 ab (weil man ja nie weiß) und drückt auf die Klingel SARTI A. Er steigt die Treppe hinauf, und, an der Wohnungstür angelangt, läutet er noch einmal. Drinnen ist absolut nichts zu hören. Soweit sich Felice erinnern kann, hat es das noch nie gegeben. Immer hat er Sarti Gewehr bei Fuß und dienstbereit angetroffen: Es genügte, dass er mit Wagen 28 vorfuhr und ihm die Tür aufhielt.

»Ciao.«

»Ciao.«

Und weg waren sie, und dann den lieben langen Tag auf Achse.

Cantoni klingelt noch einmal und trommelt so laut mit den Fäusten, dass die dicke Blondine von nebenan herauskommt:

»O Verzeihung! Ich dachte, es hätte bei mir geläutet. Der Herr Kommissar muss noch zu Hause sein. Wissen Sie, ich habe ihn nicht fortgehen gehört.«

Die Blondine grinst: Sie verbringt wohl den ganzen Tag an der Tür …

Hilfskommissar Felice Cantoni klopft noch einmal und ruft: »Sarti! Sarti Antonio! Kommissar Sarti Antonio!«

Immer noch grinsend, kommt die Dicke herüber: »Es ist sehr merkwürdig, wissen Sie. Er ist wirklich nicht weggegangen. Das hätte ich gehört, wissen Sie. Ich würde ja die Polizei holen …«

»Ich bin die Polizei!«

»Ach ja, ich weiß! Das sieht man an der Uniform, nicht wahr?«

Dann geht der Dame ein Licht auf, und sie stellt ihr Grinsen ein. Sie bewegt sich zurück zu ihrer Tür. Unterdessen sind auch andere Mieter herausgekommen. Felice Cantoni versetzt der Tür einen letzten Fußtritt und gelangt zu dem Schluss, dass es jetzt an der Zeit ist, nach unten zu gehen und die Zentrale zu verständigen. Vielleicht haben sie ihn gesucht, und Sarti hat seinen Dienst bereits angetreten. Vielleicht. Aber Felice Cantoni glaubt es nicht: Sarti hätte ihn angerufen und ihm Bescheid gegeben.

Er ist schon die erste Treppe nach unten gestiegen, als er die dicke Blondine zwitschern hört: »Ach, Sie sind doch zu Hause? Hier ist ein Polizist, der Sie sucht.«

Kommissar Sarti Antonio späht durch den Türspalt und hat noch immer nicht kapiert, was los ist. Er hat nur ein Auge offen, das andere schläft noch.

Er murmelt: »Was willst du um diese Zeit?«

Hilfskommissar Felice Cantoni ist verwirrt: »Um diese Zeit? Weißt du, dass es zwanzig nach neun ist?«

Sarti Antonio verschwindet in seiner Wohnung, und Felice folgt ihm.

»Zwanzig nach neun? Menschenskind, wie konnte das passieren?«

»Das fragst du mich? Seit einer Stunde trommele ich an deine Tür …«

Sarti geht ins Bad und brummelt: »Menschenskind, das ist mir ja noch nie passiert. Noch nie!«

Als er zurückkommt, sind beide Augen wach. Und er wiederholt: »Das ist mir noch nie passiert!«

»Ich weiß. Ich hab schon geglaubt, du wärst abgekratzt.«

»Geh selber zum Teufel! Willst du einen Espresso?«

»Darf ich nicht: mein Magengeschwür …«

»Ich weiß. Trink trotzdem einen.«

Und er beginnt mit der Zubereitung.

»Wir könnten einen in der Bar trinken …«

»Schmeckt dir meiner etwa nicht?«

Und Sarti geht mit dem Espressokocher äußerst liebevoll um, bis der letzte Tropfen draußen ist. Er stellt die Gasflamme klein, damit der Kaffee langsam hochsteigt, ohne aufzukochen. Sie trinken schweigend.

Dann: »Es muss wegen gestern sein … Heute Nacht bin ich spät ins Bett gekommen.«

Als sie losziehen, ist die dicke Blondine dabei, den Griff ihrer Tür und das Klingelschild aus Messing zu polieren. Sie grinst über das ganze Gesicht: »Guten Morgen, Signor Sarti. Guten Morgen, Signor Agente.«

»Meiner Meinung nach ist die scharf auf dich«, sagt Felice Cantoni.

»Die ist verheiratet.«

»Die ist verheiratet? Na und? Die ist trotzdem scharf auf dich. Liegt wohl an der Uniform.«

»Zentrale für Wagen 28 – kommen! ...«

Kommissar Sarti Antonio nimmt das Mikrofon in die Hand. »Geht ihr uns schon wieder auf die Eier? Wagen 28 hört.«

Aus der Zentrale kommt als Antwort: »Sarti Antonio, was sind denn das für Manieren? Heute scheint die Sonne, der Tag verspricht warm zu werden, alle sind zufrieden ...«

»Ich weiß! Was gibt's?«

Am anderen Ende der Leitung verfällt man wieder in einen amtlichen Ton: »Hier Zentrale: Wagen 28 zum Busbahnhof! Es liegt ein Hinweis vor auf einen Streit zwischen zwei Männern am Busterminal. Ich wiederhole ...«

»Verstanden. Ich bin doch nicht taub. Los ...«

Felice Cantoni schaltet die Sirene ein, wendet den Wagen und steuert auf die Viali zu.

»Das fängt ja gut an! Also los!«

Am Busbahnhof weiß niemand Bescheid. Als Sarti sich nach den beiden Männern erkundigt, die aufeinander eingedroschen haben sollen, schauen ihn die Diensthabenden der Buslinien an und schütteln den Kopf.

Einer von ihnen sagt: »Wir hätten euch bestimmt nicht geholt, wenn es einen Streit gegeben hätte. Dafür haben wir unsere Sicherheitsleute ...«

Und sie gehen wieder an ihre Arbeit.

Der Kommissar ruft die Zentrale: »Wollt ihr mich verarschen? Hier ist niemand ...«

»Hier Zentrale: Das war nur ein Weckruf.«

»Ihr hättet euch mit den Leuten in Verbindung setzen können, die für den Busbahnhof zuständig sind. Soweit ich weiß, ist der dortige Polizeiposten mit genügend Funkgeräten ausgestattet!«

Schweigen in der Zentrale. Dann: »In Ordnung, Kommissar Sarti, nehmen Sie Ihre Runde wieder auf.«

Sarti Antonio unterbricht die Verbindung und wünscht die Typen von der Zentrale zum Teufel. Es ist ein Tag, der Böses ahnen lässt, auch wenn vom Himmel eine schöne Sonne herunterstrahlt, die Temperatur milder ist als in der vergangenen Nacht und die Kolitis sich nicht meldet, wenigstens nicht im Augenblick.

»Halt beim Zeitungskiosk an!«

Sarti kauft Zeitungen (wobei er darauf achtet, dass sie nicht zu links sind), setzt sich ins Auto und blättert sie durch.

Felice Cantoni lässt den Motor an, aber Sarti fragt: »Wohin willst du?«

»Nur so herumfahren. Was sollen wir denn hier?«

»Dann nimm eine Zeitung und lies! Du weißt doch, dass ich im fahrenden Auto nicht lesen kann. Da wird mir übel ...«

Und der Tag vergeht so, dass es einem wehtut, ihnen zuzuschauen: Wie hält es ein Mensch aus, den ganzen Tag mit dem Hintern an einen Autositz festgenagelt zu sein, nur um sich anzuhören: »Zentrale für ... Zentrale für ...«?

»Zentrale für Wagen 28 – kommen.«

»Wagen 28 hört.«

»Fahren Sie in die Via Irnerio 27 zur Familie Scampini. Dort wird die achtzigjährige Mutter Imelde vermisst. Überprüfen Sie das ...«

»Es ist zehn vor sechs, und wir haben gleich Feierabend. Schickt jemand anderen ...«

Aus der Zentrale kommt keine Antwort.

Sarti Antonio fängt wieder an: »Ich wiederhole: Wir haben um achtzehn Uhr Feierabend…«

Dieses Mal kommt eine Antwort. Und zwar von Raimondi Cesare, Hauptkommissar: »Du brauchst dich nicht zu wiederholen, Kommissar! Dein Wagen ist als einziger verfügbar. Fahr sofort in die Via Irnerio 27.«

»Na gut. Die anderen Streifen jagen wohl irgendjemandem hinterher, der auf dem Busbahnhof herumstreitet…«

Doch bevor er fertig ist, hat er das Mikrofon abgeschaltet: Man weiß ja nie, wie der da so etwas aufnimmt.

Gerade als sie vor dem Haus Nummer 27 der Via Irnerio eintreffen, rennt eine Wahnsinnige über die Straße und bringt eine ganze Kolonne von Autofahrern, die bis zur Ampel an der Via Indipendenza reicht, zum Fluchen.

Ihr aber ist das egal; sie stürzt sich auf Kommissar Sarti Antonio: »Also, Herr Polizist, das ist so: Ich bin in größter Sorge um meine Mamma! Ich muss Ihnen sagen, dass so was noch nie vorgekommen ist. Ich muss Ihnen sagen, dass sie noch niemals außer Haus geschlafen hat…«

Sarti hakt sich bei ihr ein und begleitet sie ins Haus, weil schon die Leute zusammenlaufen und Sarti Diskussionen in der Öffentlichkeit nicht mag. Während sie die Treppen hinaufsteigen (sie vorneweg und meine beiden hinterher), nimmt er sie genauer in Augenschein: Es gelingt ihm nicht, ihr Alter zu schätzen. Aber übel ist sie nicht. Wirklich nicht übel!

»Sie müssen mir alles erzählen, Signora, von Anfang an.«

»Also, die Sache ist die: Heute Morgen bin ich sehr überrascht gewesen, als die Mamma nicht in der Küche war. Sie müssen nämlich wissen, dass sie sehr früh aufsteht. Ich dachte, dass es ihr vielleicht nicht gut geht. Solche Gedanken kommen einem gleich, wenn man es mit alten Damen zu tun hat …«

»Wie alt ist Ihre Mutter denn?«

»Also, in ein paar Tagen wird sie achtzig. Sie heißt Imelde. Imelde Scampini.«

»Ein schönes Alter …«

»Und sie hält sich gut, wissen Sie. Den ganzen Tag auf den Beinen, wie ein junges Mädchen. Nur dass sie nicht mehr gut sieht. Jedenfalls gehe ich in ihr Zimmer und sehe, dass das Bett noch unberührt ist. In der ganzen Wohnung kann ich sie nicht finden. Sie ist wohl ausgegangen, sage ich mir … Ich warte und warte: Also, es wird Zeit zum Mittagessen, es wird Zeit zum Abendessen, und von der Mamma keine Spur. Und da habe ich mir schon ein bisschen Sorgen gemacht …«

»Ist das schon öfter passiert?«

»Nie, das kann ich Ihnen versichern …«

Sarti denkt ein bisschen nach.

Dann sagt er: »Warum haben Sie so lange gewartet, bis Sie uns gerufen haben?«

»Also, ich konnte es nicht glauben … Ich habe gehofft, dass sie nach Hause kommt … Wissen Sie, mein Mann ist Architekt, und wenn bestimmte Dinge bekannt werden … Wissen Sie, die Kunden …«

Sarti Antonio, Kommissar, begreift nicht ganz, was der Architekt mit der verrückten Alten zu tun hat, die nachts durch die Gegend rennt. Aber woher weiß man eigentlich, dass sie in der Nacht durch die Gegend gerannt ist?

Er fragt: »Warum glauben Sie, dass sie in der Nacht weggegangen ist?«

»Also, das Bett war unberührt…«

»Sie kann es doch gemacht haben, bevor sie ausgegangen ist, vielleicht sogar heute, ganz in der Früh. Wie heißen Sie noch gleich?«

»Angela. Ich bin die Tochter. Angela Scampini. Also, ich habe gedacht, dass die Mamma nicht zu Hause übernachtet hat…«

Kommissar Sarti Antonio ist skeptisch. Er blickt dem guten Hilfskommissar Felice Cantoni ins Gesicht, aber was er aus dessen Miene herausliest, macht ihn auch nicht schlauer. Dass du mich anschaust, ist zwecklos, denn ich beobachte den Verkehr unten, auf der Via Irnerio, und der ist ziemlich stark. Zwei Ampeln im Abstand von zwanzig Metern. Wenn die erste Grün zeigt, zeigt die zweite Rot. Es scheint, als würden sie auf Kosten der Autobremsen Schabernack miteinander treiben.

So fährt Kommissar Sarti Antonio, mit seinen Gedanken allein gelassen, fort: »Das ist nicht gesagt, das muss nicht sein. Haben Sie Verwandte? Freunde?«

»Also, ich habe schon mit allen gesprochen, und niemand hat etwas von Mamma Imelde gehört. Ich weiß nicht mehr, was ich davon halten soll…«

Womit also anfangen? Mit dem Foto der Alten? Mit ihrem Zimmer? Inzwischen ist es schon Viertel vor sieben (achtzehn Uhr fünfundvierzig), und ohne die Alte wäre er um diese Zeit bereits … Sarti Antonio hat Lust, seinen Chef anzurufen und alle miteinander zum Teufel zu schicken. Könnt ihr mir vielleicht sagen, wo man eine Achtzigjährige suchen soll, die beschlossen hat, von zu Hause auszubüxen? Er denkt laut nach, wie üblich, weil ihm das Nachdenken so besser gelingt.

»Bei irgendeiner Freundin … Im Krankenhaus oder im Leichenschauhaus. Wir finden sie schon. Es gibt auch einen Kanal hier in der Nähe. Man muss die Feuerwehr informieren und abwarten, ob sie etwas finden …«

Er hört die Scampini »Also« (die Angela also) weinen, aber das beeindruckt ihn überhaupt nicht, weil er sich an solche Sachen schon gewöhnt hat. Außerdem ist es nicht seine Schuld, wenn die Alte verrückt ist.

Trotzdem versucht er, Abhilfe zu schaffen, so gut er kann: »Das ist reine Routine, versuchen Sie doch, mich zu verstehen. Vielleicht läutet es jetzt gleich an der Tür, und Signora Imelde kommt …«

Und tatsächlich klingelt es. Hilfskommissar Felice Cantoni sieht Sarti Antonio direkt in die Augen. Angela »Also« Scampini hält den Atem an, und niemand kann sich aufraffen, die Tür zu öffnen. Schließlich muss es Kommissar Sarti tun. Aber es ist nicht Signora Imelde: Es ist Hauptkommissar Cesare Raimondi. Hilfskommissar Felice Cantoni salutiert und atmet tief durch. »Gott sei Dank!«

Wäre jetzt Signora Imelde eingetreten, hätte ihn der Schlag getroffen.

»Nun, Kommissar?«

Sarti Antonio zuckt die Achseln: »Nichts. Es sieht so aus, als wäre sie heute Nacht ausgegangen und nicht mehr zurückgekommen.«

Den Unterschied zwischen einem Kommissar und einem Hauptkommissar erkennt man sofort. Man erkennt ihn an den Entscheidungen, die sie treffen.

Und tatsächlich sagt der Hauptkommissar jetzt: »Zeigen Sie mir das Zimmer der Signora …«

Und die Scampini trottet vor ihm her und öffnet ihm zwanzig Türen: Für eine Wohnung ist das nicht übel. »Sehen Sie sich um, Herr Kommissar …«

»Das wollte ich gerade tun, als Sie gekommen sind …«

Angela »Also« hilft ihnen da und dort mit Erläuterungen: »Das ist das Bett.«

»Das sehe ich.«

»Also, das ist das Buch, in dem sie jeden Abend liest …«

Raimondi Cesare, Hauptkommissar, blättert es durch: *Schuld und Sühne*. Eine Seite ist umgeknickt.

Die Scampini kreischt los: »Also, also, es ist genau, wie ich gesagt habe! Diesen Knick habe ich gestern Vormittag, als ich Mamma Imelde das Bett gemacht habe, da angebracht. Also, das heißt, dass sie gestern Abend nicht gelesen hat, und wenn sie nicht gelesen hat, heißt das, dass sie nicht ins Bett gegangen ist. Weil die Mamma nicht schlafen geht, wenn sie nicht vorher gelesen hat …«

Als Erklärung ist das vielleicht ein wenig konfus, aber die Argumentation hat doch Hand und Fuß, und Hauptkommissar Cesare Raimondi akzeptiert sie. Kommissar Antonio Sarti interessiert sie nicht mehr: Jetzt ist der Chef da, und er könnte geradeso gut nach Hause gehen.

Er wagt einen Vorstoß: »Da Sie hier sind, könnte ich ja …«

Aber der andere wirft ihm einen ziemlich bösen Blick zu: »Ich bin vorbeigekommen, um zu sehen, wie die Dinge stehen: Jetzt gehe ich, und du machst weiter!«

»Ich hätte um sechs Feierabend gehabt … Kann man nicht einen anderen holen?«

Er sagt es leise, um der Signora Angela »Also« die Illusion zu lassen, dass die Polizei sich mit Leib und Seele für die Belange der Bürger einsetzt (falls sie diese Illusion hegen sollte).

Hauptkommissar Cesare Raimondi hört ihm nicht einmal zu. Er kehrt ihm den Rücken und verabschiedet sich. »Viel Erfolg, Kommissar! Seien Sie unbesorgt, Signora, ich weiß Sie in guten Händen.«

»Dass dich der Teufel …!«

Sarti setzt sich aufs Bett und versucht, laut nachzudenken: »Es bleibt nichts anderes übrig, als die Krankenhäuser abzuklappern … Es sei denn, die Signora hat irgendeine Freundin … oder einen Freund …«

Aber »Also« unterbricht ihn: »Nein, nein! Alle ihre Freundinnen sind tot. Nur sie ist übrig geblieben, meine liebe, teure Mamma. Stellen Sie sich vor, ihr einziges Hobby …«

Sie hält inne, als wäre ihr die Zunge abgefallen.

»Ihr einziges Hobby …?«

»Also, ich habe gesagt, dass sie nie irgendetwas zu machen brauchte …«

Aber Sarti Antonio, Kommissar, lässt nicht locker; vielleicht stellt sich noch heraus, dass es sich bei diesem Hobby um die Misshandlung armer Waisenkinder handelt!

»Ihr einziges Hobby …?«

Auch Felice Cantoni ist näher herangetreten; es sieht so aus, als würde ihn die Geschichte allmählich interessieren.

»Also, wir haben ein unbewohntes Haus, und sie vergnügt sich damit, dorthin zu gehen und die Fenster der Zimmer zum Lüften aufzumachen. Jeden Tag. Also, das ist ihr einziges Hobby.«

»Und sie geht allein dorthin?«

»Ja. Ich gehe nicht mit, weil …, also, weil es mir nicht passt.«

»Ist sie auch heute dorthin gegangen?«

Angela zuckt die Schultern: »Das weiß ich nicht: Ich bin dort vorbeigekommen, aber ich habe gesehen, dass die Fenster geschlossen waren, und bin nicht hineingegangen. Ich gehe da nicht hinein.«

Sarti Antonio, Kommissar, ist begierig darauf, den Grund zu erfahren. »Gehen wir hin und sehen es uns an.«

»Aber ich bin doch schon dort gewesen!«

»Aber nicht drinnen. Besser, noch einmal hinzugehen. Dann beenden wir die Runde durch die Krankenhäuser und gehen vielleicht auch ins Leichenschauhaus. Man weiß ja nie …«

Langsam beginnt ihm die ganze Geschichte mit der lieben alten Dame auf den Geist zu gehen, und wenn er schon Dienst schieben muss, dann wenigstens nicht umsonst. Wenn er die Signora »Also« schon ertragen muss, soll sie wenigstens auch etwas ertragen.

Dann gestaltet sich die Angelegenheit immer interessanter. Vor allem, als Angela »Also«, sobald sie im Wagen 28 sitzen, die Adresse vor sich hin seufzt: »Via dell'Unione Nummer 2.«

Interessant deshalb, weil, wenn ihn sein Gedächtnis nicht trügt, Haus Nummer 2 der Via dell'Unione der Standort des schönsten Puffs (Pardon: Etablissements) der Stadt war.

Sein Gedächtnis trügt ihn nicht

Sarti Antonio, Kommissar, mag seine Fehler haben, fixe Ideen und Gebrechen, er ist ein armer Kerl, alles was ihr wollt, aber in Sachen Gedächtnis kann man ihm kein X für ein U vormachen. Er sieht etwas, und es ist, als würde er es fotografieren; er hört etwas, und es ist, als würde er es auf Tonband aufnehmen. Schwierig wird es erst, wenn es darum geht, die Fotografien und die Tonbandaufnahmen nach logischen Gesichtspunkten zu ordnen. Aber wenn er auch darin gut wäre, dann wäre er kein Kommissar: Er wäre ein Monster!

So kann sich Sarti, als Wagen 28 vor der Tür des Ex-Puffs (Etablissements) hält, ein Schmunzeln nicht verkneifen, weil er sich an einen fernen Winterabend erinnert …

»Ich weiß, wie es drinnen aussieht, jede Wette: Ein Korridor und eine Tür links, wo die Puffmutter saß. Weiter hinten ein kleiner Salon, immer noch links, in dem man wichtige Persönlichkeiten warten ließ und den ich nie betreten habe. Rechts ist der Warteraum für alle: niedrige rote Armsessel, ein Tischchen in der Mitte und eine ganze Glaswand zum Innenhof. In der Mitte des Hofs ein Springbrunnen mit Goldfischen. Im Sommer kann man auch im Hof warten …«

Dann korrigiert er sich: »Konnte man auch im Hof warten …«

Die Tür ist nicht verschlossen und gibt sofort nach; innen ist alles, wie Sarti Antonio, Kommissar, es gesagt hat: auf den Millimeter genau. Es fehlen nur die Goldfische im Bassin, aus dem einfachen Grunde, weil in dem Becken seit wer weiß wie vielen Jahren kein Wasser mehr ist. Vielleicht seit jenem Tag, an dem die öffentlichen Häuser geschlossen wurden. Dafür gibt es etwas anderes: Ja, da sitzt die liebe alte Dame, in einem niedrigen roten Armsessel im Aufenthaltsraum rechts, das weiße Köpfchen auf eine Schulter gelegt, als wäre sie soeben eingenickt. Aber sie schläft nicht, die Arme, jemand hat ihre Träume mit ein paar Hammerschlägen in den Nacken beendet.

Die Signora Angela »Also« Scampini sinkt lautlos zu Boden, und Felice Cantoni kann sie nur am Ärmel packen, mit dem Ergebnis, dass der Ärmel bei ihm bleibt, während der ganze Rest des Kleides mit Inhalt, also der Signora »Also«, auf dem Boden landet. Fürs Erste lassen wir sie dort und befassen uns mit der lieben alten Dame.

»Ruf die Zentrale an und gib Bescheid, dass wir die Alte gefunden haben. Tot.«

Hilfskommissar Felice Cantoni ist unschlüssig. Er fragt: »Sind wir sicher, dass sie tot ist? Ist es nicht besser, auch dem Roten Kreuz Bescheid zu sagen? Vielleicht braucht sie einen Arzt ...«

Kommissar Antonio Sarti zeigt auf den Hammer, der vor den Füßen der Signora Imelde liegt, dann auf das zertrümmerte Genick der Dame. »Sie braucht keinen Arzt, sie braucht einen Totengräber.«

Felice Cantoni geht zum Wagen 28 und informiert die Zentrale.

Sarti Antonio, Kommissar, sieht sich um. Alle Sessel im

Salon sind mit Plastikfolie abgedeckt: Alle, bis auf den, in dem die Leiche der lieben alten Dame ruht, und einen zweiten, direkt davor. Auf dem Boden, überall verstreut, der Inhalt einer Handtasche, die wohl der verstorbenen Signora Imelde Scampini gehört hat, und die Tasche selbst, aus Kunstleder, umgekippt und ausgeleert.

Sarti geht herum und sucht nach den Folien, die eigentlich die beiden roten Sessel abgedeckt haben müssten, aber er sieht sie nicht. Er findet jedoch Plastikfolien auf dem Tischchen, auf den Möbeln der anderen Räume, auf den Betten der Zimmer, in den oberen Stockwerken und sogar über den Waschbecken und Bidets. »Wenn ich denke, dass ich ausgerechnet hier zum ersten Mal …«

Ein Wimmern der Signora Angela »Also« Scampini, die noch immer der Länge nach auf dem glänzenden Fußboden des Salons liegt, bringt ihn aus dem fernen Gestern seiner Jugend – es war sein achtzehnter Geburtstag – ins Heute zurück. Sarti hebt sie hoch und trägt sie hinaus, zum Wagen 28. In der Ferne hört man schon die Polizeisirenen.

Und so beginnt das übliche Kommen und Gehen. Nicht weil wir in einem Bordell sind, sondern weil alle sich zu schaffen machen, herumwuseln, rennen, Fotos schießen, sich auf den Boden werfen, den Fußboden sauber wischen, Staub aufsammeln, Staub aufwirbeln …

Sarti Antonio, Kommissar, widmet sich seinen Pflichten: Den Mörder zu suchen wird die Aufgabe eines anderen sein: Sie hatten ihn beauftragt, eine gewisse Imelde Scampini, achtzig Jahre alt, zu finden, und er hat sie gefunden. Zwar tot, aber sie ist da, auf dem Sessel, direkt vor ihm.

Er bekommt Lust auf einen Espresso, deshalb geht er hinaus unter die Arkaden, um frische Luft zu schnappen. Er ruft: »Cantoni, gehen wir in die Bar! Ich spendiere dir einen Espresso.«

»Ich darf nicht: mein Magengeschwür! Du hast mir schon heute Früh einen aufgeschwätzt.«

»Wer weiß, wo der gelandet ist ...«

Und sie steuern auf die Via San Vitale zu, wo er eine Bar erspäht hat.

Sie treten ein: »Zwei Espressi.«

»Wir schließen, Chef. Wir sind schon spät dran: Kommt also nicht nachher und erstattet Anzeige!«

Aber man bereitet die heißen Tässchen vor.

Es ist Viertel nach neun (das heißt: einundzwanzig Uhr fünfzehn), als die beiden wieder herauskommen und in Richtung Via dell'Unione gehen: »Auch gestern Abend bin ich um diese Zeit noch im Dienst gewesen, verdammt! Wenn das so weitergeht ...«

Sarti bleibt plötzlich stehen und starrt auf die Tür des Ex-Bordells. Er packt Felice am Arm und zieht ihn schnell hinter sich her bis zu der Stelle, wo er am Abend zuvor mit dem Ottoecinquanta gestanden hat. »Da bin ich gewesen! Gestern Abend habe ich genau hier gestanden! Ich habe mein Auto hier geparkt, gegenüber der Via dell'Unione ...«

Er redet sich dermaßen in Rage, dass die Leute stehen bleiben und ihn anschauen, als hätte er den Verstand verloren.

»... Und ausgerechnet, während ich hier war und das *Sanleonardo* im Auge hatte ... Ja, so ist das gelaufen, verdammt ... Ich habe gesehen, wie sie die Unione hinuntergerannt und durch eine Tür geschlüpft sind. Genau durch diese Tür! Verdammter Mist! Menschenskinder, so ein Mist!«

Er lässt alle stehen, einschließlich Hilfskommissar Felice Cantoni, und rennt erneut zum Ex-Puff.

Und auch drinnen schreit er weiter: »Wo ist der Chef? Jemand soll Hauptkommissar Raimondi holen! Menschenskinder, so ein Mist! Ich hab gesehen, wie die hier reingegangen sind: Die waren zu viert! Menschenskinder, so ein Mist!«

Alle lassen ihre Arbeit sausen und sehen ihn an; einer, der dasteht mit einer Lupe in der Hand, sagt zu ihm: »Bist du von Sinnen? Da ist doch eine Leiche, und da ist eine Signora ... «

Tatsächlich, die Leiche ist da, ebenso wie die Signora Angela »Also« Scampini, fast so bleich wie die liebe Imelde. Sarti Antonio beruhigt sich und versucht nachzudenken: Bei all dem Licht, das jetzt den Salon erhellt, springt ihm das Gesicht der Alten in die Augen. Sarti zieht ungefähr zwanzig Jahre von diesem Gesicht ab und sieht sie im ersten Kabuff links, sobald er eingetreten ist: »Fünfzig Lire für die Hausmeisterin, die jungen Herrschaften! Nur fünfzig Lire! Den Personalausweis, die jungen Herrschaften! Los, ab aufs Zimmer, die Damen haben die Warterei schon satt! Was habt ihr denn zwischen den Beinen – Sägemehl? Ab aufs Zimmer, meine Herrschaften!«

Was für ein hässliches Ende, die arme Alte!

Kommissar Sarti Antonio geht hinaus, zum Wagen 28. Er ruft: »Zentrale von Wagen 28 ... Verbinde mich mit Hauptkommissar Cesare Raimondi.«

Aus der Zentrale: »Der ist nicht mehr im Dienst.«

»Such ihn und sag ihm, er soll in die Via dell'Unione 2 kommen. Es ist dringend!«

Er trennt die Verbindung und geht wieder hinein: Hier ist es wärmer, auch wenn es eine feuchte Wärme ist. Hilfskommissar Felice Cantoni hat nichts begriffen, aber das stört ihn nicht: Seine Arbeit besteht darin, Wagen 28 durch die Gegend zu fahren, und das macht er. Jeden Tag.

Drinnen tummeln sich bereits die Journalisten, und es wäre schon ein Wunder, wenn Gianni »Glühwürmchen« Deoni nicht mit von der Partie wäre!

Sarti Antonio bleibt nichts anderes übrig, als sich die Einzelheiten einzuprägen: ein blutverschmierter Hammer, ein Kamm, ein Schlüsselbund, ein Portemonnaie, ein Notizbüchlein, ein Stift, ein Feuerzeug, ein Päckchen Zigaretten, eine Puderdose, ein Lippenstift, ein zerknittertes weißes Kuvert, Keksbrösel, ein Parfümpröbchen, eine umgekippte Damenhandtasche. Alles über den Boden verstreut. Auf dem Tischchen, auf der Plastikfolie, die Schutzhülle einer Musikkassette. Leer.

Kommissar Antonio Sarti muss sich hinunterbeugen, um den Titel zu lesen: *Die schönsten Liebeslieder von Andrea Pappalardo.*

Absolut auf der Höhe der Zeit, diese alte Dame!

Er sucht nach der Kassette: Sie ist nirgends zu finden. Nicht einmal unter den Möbeln.

Er fragt: »Wer hat die Kassette abgestaubt?«

Niemand weiß den Scherz zu würdigen: Polizisten sind hartgesottene Leute.

Wenn's um Humor geht, meine ich.

Volltreffer, Herr Kommissar!

Sarti Antonio, Kommissar, sitzt im Büro von Raimondi Cesare, Hauptkommissar, der ihn angrinst wie ein Honigkuchenpferd. Niemand hat Raimondi jemals so aufgekratzt gesehen. Und er hat ja auch allen Grund dazu: Nicht jedem ist es gegeben, keine vierundzwanzig Stunden nach der Tat einen Zettel mit den Namen der Mörder auf dem Schreibtisch liegen zu haben!

Jede Wette, dass diesmal Sarti Antonio zusammen mit Raimondi Cesare auf der Pressekonferenz erscheinen wird.

Aber die Wette geht verloren.

Raimondi Cesare sagt: »Tüchtig, tüchtig, gewissermaßen, Kommissar! Ich weiß nicht, wo wir sie überall gesucht hätten ohne deinen Hinweis.«

Und er verlässt sein Büro, um der ganzen Welt, über die Presse, kundzutun, dass die Effizienz der Polizei, die Organisation seiner Leute, das Training und die Pflichttreue es ermöglicht haben, die Täter im Handumdrehen zu identifizieren… Die Namen der vier behält er natürlich für sich; zumindest so lange, bis er sie in San Giovanni in Monte eingelocht hat.

Während Raimondi Cesare die Glückwünsche der Journalisten entgegennimmt (und ich habe nie verstanden, warum man sich in solchen Fällen Glück wünscht), bleibt Sarti Antonio, allein im Büro des Hauptkommissars zurück, wie ein armer verführter und versetzter Liebhaber, und grübelt über seine eigenen Angelegenheiten nach.

In solchen Fällen finde ich nie die richtigen Worte. Was soll ich ihm sagen? »So etwas kommt eben vor«? »Mach dir nichts draus, so ist es nun mal in deinem Metier«?

»Immer bin ich der Dumme! Ich hätte ihn selber wursteln lassen sollen! Was habe ich denn mit den Mördern am Hut? Es wäre lachhaft gewesen: Er hätte zwanzig Jahre gebraucht, um sie zu finden ...«

»Aber deine Pflicht gebietet dir ...«

»Scheißpflicht! ›Tüchtig, tüchtig, Kommissar!‹ Das war's! Weißt du, was das für ihn bedeutet, diese vier Namen zu haben?«

»Statt hier herumzusitzen und in den Bart zu brummeln, sag es ihm doch ins Gesicht ...«

»Du weißt doch, was mich das kostet ... Verdammt, und ob ich ihm das sage!«

Das Gespräch endet hier, weil ich sehe, dass die Kolitis Sarti Antonio zusetzt. Wenn er wütend wird, geht's ihm schlecht; auch das habe ich ihm schon oft gesagt, aber es ist, als würde man gegen eine Wand anreden. Na ja, sein Problem. Ich habe keine Kolitis, ich habe kein Magengeschwür, ich gehe regelmäßig aufs Klo (zweimal täglich), ich esse mit Appetit (dreimal täglich, wenn ich kann), und ich habe keine verhärtete Leber. Wenigstens noch nicht.

Da kommt Hauptkommissar Cesare Raimondi wieder herein: »Geschafft! Morgen werden, gewissermaßen, die Zeitungen wenigstens mal nicht schlecht von der Polizei reden. Das haben wir wirklich verdient.«

Kommissar Antonio Sarti ist stocksauer: »Das wird Ihnen eine Beförderung oder eine Belobigung oder das

Überspringen einer Dienstaltersstufe oder wer weiß was sonst noch einbringen!«

Raimondi Cesare stellt sein Honigkuchenpferdgegrinse ein und blickt Sarti an: »Und wenn es so wäre, würde dir das missfallen?«

»Ich möchte, dass einer von denen, die was zu sagen haben, weiß, dass bei dieser Geschichte auch ich eine kleine Rolle gespielt habe ...«

Wenn Hauptkommissar Cesare Raimondi jemanden aufs Korn nimmt, wechselt er zum »Sie«.

Genau wie jetzt im Fall von Antonio Sarti: »Wenn das alles ist, lieber Kommissar, glaube ich, dass ich Sie zufriedenstellen kann. Ich werde dafür sorgen, dass, gewissermaßen, den Vorgesetzten über Ihr Verhalten im Dienst Bericht erstattet wird ...«

Sarti Antonio dämmert langsam, dass er voll in die Scheiße getreten ist, wie man bei uns so sagt. Und wenn man erst mal hineingetreten ist, ist nichts mehr zu machen; auch wenn man versucht, den Schuh im Gras abzuwischen – hineingetreten ist man trotzdem.

Sarti versucht, so gut er kann, zurückzurudern: »Ich will sagen: Vielleicht eine lobende Erwähnung, eine Belobigung ... Das kann immer nützlich sein. Im Fall von internen Bewerbungsverfahren oder Beförderungen, na ja, es ist ein Pluspunkt ...«

»Gewiss doch, Sarti! Ich werde den Zuständigen sagen, dass ich Sie zur Überwachung der Versammlung dieser vier Mistkerle abkommandiert habe, weil ich, gewissermaßen, das Gefühl hatte, es könnte etwas Schlimmes passieren, was sich ja dann in der Tat auch bewahrheitet hat. Ich werde auch erwähnen, dass Sie bei der präzisen Ausführung der Befehle, die ich Ihnen erteilt habe, vier verdächtige Individuen bemerkt haben, die sich in einen Hauseingang flüchteten, weil sie von Polizisten verfolgt wurden, die ich in dieser Gegend postiert hatte. Und schließlich werde ich die Zuständigen daran erinnern, dass Sie, gewissermaßen, statt den Polizisten …« – und hier wechselt der Tonfall von Hauptkommissar Raimondi Cesare ins tragische Fach: Er hebt die Stimme, geht zur Zwerchfellatmung über und setzt zu einem Crescendo an, als müsste er etwas aus dem *Adelchi* deklamieren – »… statt den Polizisten das Versteck dieser vier Verbrecher zu melden, lieber ins Bett gegangen sind, weil Sie, gewissermaßen, der Meinung waren, Ihr Auftrag sei erledigt!«

Cesare Raimondis linkes Auge ist etwas mehr geschlossen als das rechte, und das Lid vibriert wie der Flügel einer Nachtigall. Sein energisches Kinn ist in Richtung Sarti Antonio, Kommissar, gereckt, der nicht mehr nur glaubt, voll in die Scheiße getreten zu sein: Jetzt weiß er es mit Bestimmtheit!

Der Hauptkommissar schwitzt, und dabei sind, den Weisungen von oben entsprechend, nicht mehr als achtzehn Grad im Büro. Er schwitzt, schnauft und spuckt, so sehr hat er sich ereifert. Einen Augenblick hält er inne, um Luft zu holen, und Sarti Antonio macht sich diesen zunutze und empfiehlt sich.

Er hat noch nicht die Hälfte des Korridors hinter sich, als der andere ihm von der Tür aus zuschreit: »Kommissar Sarti, ich habe Ihnen nicht gesagt, dass Sie gehen können!«

Sarti kehrt um und wartet das Folgende stehend ab, auf der Schwelle.

»Schließen Sie die Tür!«

Er schließt sie.

»Setzen Sie sich!«

Er setzt sich. Aber er leidet Höllenqualen: Die Stiche der Kolitis sind grauenhaft. Hauptkommissar Raimondi Cesare kümmert sich nicht um die Kolitis anderer Leute.

Jetzt spricht er und skandiert die Worte mit einer so leisen Stimme, dass sie kaum zu hören ist: »Ich werde denen sogar sagen, dass ich ernsthaft daran denke, Sie der Beihilfe zum Mord anzuklagen!«

Kommissar Sarti Antonio glaubt, ihn nicht richtig verstanden zu haben. Er seufzt: »Wie bitte?«

Der Schauspieler dreht wieder auf volle Lautstärke: »Ich erwäge, Sie wegen Beihilfe zum Mord anzuklagen, oder wenigstens, gewissermaßen, wegen unterlassener Weitergabe von Informationen an die Polizei, Nachlässigkeit im Dienst, Verlassen des Ihnen zugewiesenen Postens und unterlassener Hilfeleistung gegenüber einem überfallenen Bürger. Denn hätten Sie, gewissermaßen, die Polizeibeamten, die die nicht genehmigte Demonstration aufgelöst haben, darüber informiert, wohin sich die vier Täter geflüchtet haben, dann hätten wir diesen Mord bestimmt verhindert! Die Beamten ... Sie selbst hatten, gewissermaßen, die Pflicht einzugreifen, dies ... dieses Haus zu betreten und das Opfer den Händen der vier zu entreißen! Aber das haben Sie nicht getan ...«

»Meine Aufgabe ...«

Eine Unterbrechung mit abträglichen Folgen.

Raimondi Cesare reißt die Augen auf. »Ihre Aufgabe? Die Aufgabe, die Pflicht eines Polizeibeamten ist es, die Bürger zu schützen! Haben Sie das getan? Haben Sie das getan?«

Grabesstille.

Mir haben Gräber noch nie gefallen; deshalb gehe ich hinaus und warte unten, am Tor, auf den armen Kommissar Antonio Sarti. Oder auf das, was von ihm noch übrig ist. Es dauert nicht lange: Mit gesenktem Kopf und schlurfend, als würden seine Füße mehr wiegen als der ganze Körper, kommt er heraus, ohne irgendjemanden anzusehen; er überquert die Straße und gerät beinahe unter ein Auto. Ich hake mich bei ihm ein und begleite ihn zum Wagen 28.

Ich sage zu Hilfskommissar Felice Cantoni: »Bring ihn nach Hause und ins Bett. Es geht ihm sehr schlecht.«

Ich weiß nicht, ob er ihn ins Bett bringt oder auf der Klobrille absetzt; wichtig ist, dass die fette Blondine von gegenüber Sarti Antonio nicht in diesem üblen Zustand sieht. Wenn dann der Kommissar in seinem gemütlichen Bett und in den Armen der dunklen, tröstlichen Nacht Tränen vergießt, geht das weder mich noch euch etwas an.

Doch wenn er es tut, nimmt er nur sein Recht als Bürger wahr, der geschützt wird von der Verfassung der Republik, welche ein Kind der Resistenza ist...

Tiefer Schnee, rasante Skifahrer …

Jawohl, meine Damen und Herren, genau daran habe ich ihn erinnert!

Ich habe zu ihm gesagt: »Du solltest jetzt die paar Tage Urlaub nehmen, die dir noch zustehen, und in die Berge fahren …«

Er tut so, als würde er mich nicht hören, und fährt mit der Zubereitung seines Espressos fort: Und während er sich seinen Espresso zubereitet, darf man ihn nicht stören.

Erst als er sich hinsetzt, das volle Tässchen in der Hand, fange ich wieder an, auf ihn einzureden: »Du hast noch sechs Tage Urlaub vom letzten Jahr.«

»Ich weiß.«

»In den Bergen liegt Schnee; du kannst bis mittags und noch länger im Bett bleiben. Wetten, dass bei deiner Rückkehr alles vorbei ist und kein Mensch mehr von der lieben alten Dame spricht? Wetten, dass es auch mit der Kolitis besser ist?«

Sarti Antonio greift zum Telefonhörer: »Verbinde mich mit dem Personalbüro. Hier spricht Kommissar Sarti. Ich habe noch sechs Tage Urlaub und beabsichtige, sie von diesem Augenblick an in Anspruch zu nehmen. Auf Wiedersehen …«

Er leert das Tässchen und entspannt sich: Ich glaube, dass sechs Tage Ruhe in den Bergen, wo tiefer Schnee liegt und rasante Skifahrer ihre Spuren ziehen, Sarti wiederherstellen können. Und in der Zwischenzeit wird die Wut von Hauptkommissar Raimondi Cesare verrauchen; die Mörder werden der Justiz übergeben sein, und alles wird wieder seinen normalen Gang gehen – Sartis Kolitis inklusive.

Aber die Dinge laufen nicht so, wie vorgesehen. Es gibt zwar genügend Schnee, sogar mehr als genug, doch Raimondi Cesare, Hauptkommissar, meldet sich, telefonisch, drei Tage nachdem Sarti Antonio, Kommissar, sich in einem ruhigen Berghotel eingerichtet hat, für dreitausendachthundert Lire, Vollpension. Und schon ist Schluss mit dem Vergnügen, der Ruhe, der Stille und all dem anderen auch!

Er sitzt gerade beim Essen, als ein Kellner von der Tür des Speisesaals hereinbrüllt: »Kommissar Sarti Antonio, Telefon!«

Dass man ihn hier »Kommissar« nennt, auch wenn er sich überhaupt nicht wie ein »Kommissar« fühlt, stößt ihm übel auf. Aber für dreitausendachthundert Lire, Vollpension, kann man nicht mehr verlangen.

Er steht auf und sagt, noch kauend: »Pronto?«

Raimondi Cesare lässt sich nicht einmal dazu herab, ihm »Guten Tag« zu sagen, sondern legt sofort los: »Ich lese dir Runderlass 287 Schrägstrich 29710, betreffs Urlaubsordnung aus dem letzten Jahr vor: ›Zu dem Zwecke, die Genehmigung ordentlicher und außerordentlicher Beurlaubungen, die dem Personal des obengenannten Polizeipräsidiums zustehen, zu klären und zu vereinheitlichen, verfügt der Leiter des Personalbüros das Nachfolgende: Erstens, die regulären Urlaubstage müssen innerhalb des Jahres in Anspruch genommen werden, auf das jene sich beziehen. Zweitens: Beurlaubungen können nur aus nachgewiesenen dienstlichen Gründen in das Folgejahr verlegt werden. Solche Gründe werden von Fall zu Fall von den Zuständigen der jeweiligen Abteilung nach schriftlicher Benachrichtigung des Personalbüros genannt. Drittens: Die Bediensteten, die in den Genuss der ihnen zustehenden Beurlaubung zu kommen beabsichtigen, müssen mindestens drei Tage vor Antritt des Urlaubs einen ordnungsgemäßen Antrag stellen. Viertens: Aus besonderen familiären Gründen oder aus einem anderen unaufschiebbaren, unvorhergesehenen, aber nachgewiesenen Grund kann eine Beurlaubung auch telefonisch beantragt werden, darf aber KEINESFALLS einen Zeitraum von zwei Tagen überschreiten. Fünftens: Wer den genannten Vorschriften nicht Folge leistet, gilt als aus ungerechtfertigten Gründen vom Dienst abwesend und wird in der vom Gesetz vorgesehenen Weise belangt.«

Am anderen Ende der Leitung folgt eine lange Pause mit aufschiebender Wirkung.

Dann erkundigt sich Raimondi Cesare, Hauptkommissar: »Bist du noch dran?«

»Ich bin noch dran …«

»Also, um zusammenzufassen: Zwei Tage stehen dir aus familiären Gründen zu, und du kannst sie auch telefonisch beantragen, wie du es ja auch tatsächlich getan hast. Alle anderen Absenzen werden, gewissermaßen, als ungerechtfertigte Absenzen betrachtet …«

Und so befindet sich Sarti Antonio, Kommissar, am nächsten Tag um Punkt acht Uhr vor dem Büro von Raimondi Cesare, Hauptkommissar. Und als Letzterer eintrifft, lässt er Ersteren eintreten. Raimondi wirkt gelassener als gewöhnlich. So gelassen, dass er das Vergangene gar nicht erwähnt.

Er sagt: »Lieber Sarti, ich habe dich in den Dienst zurückgeholt, weil du mir, gewissermaßen, behilflich sein musst. Du wirst dich, gewissermaßen, an den Mord an der betagten Signora Imelde Scampini erinnern ...«

Und er wartet ab, bis der andere mit »Ja« antwortet. Als ob man gewisse Dinge innerhalb von vier Tagen vergessen könnte!

Und Sarti Antonio, Kommissar, seufzt: »Ja.«

»Gut. Und du wirst dich, gewissermaßen, an die Schurken erinnern, die sie umgebracht haben ...«

Eine weitere Pause und ein weiteres »Ja«.

»Das freut mich aufrichtig, mein lieber Sarti. Das freut mich aufrichtig; denn von den vier gibt es, gewissermaßen, keine Spur mehr. Sie sind verduftet, in der finstersten Nacht verschwunden, haben sich in Luft aufgelöst, als hätten sie niemals existiert!«

»Ich weiß nicht, was ich machen würde: Das beweist nur, dass sie es gewesen sind ...«, murmelt Sarti.

Der andere fällt ihm ins Wort: »Ich weiß. Ich weiß, und ich habe nie geglaubt, dass du Märchen erzählst. Aber ich frage mich: Wo sind sie hin? Wer hat ihnen gesteckt, dass wir ihre Namen kennen? Wer hat sie informiert, dass jemand – du! – sie beobachtet hat, als sie in dieses Haus gegangen sind? Habe ich mich, gewissermaßen, verständlich ausgedrückt?«

Er hat sich so verständlich ausgedrückt, dass Kommissar Sarti Antonio sich erst setzen muss, um die Fassung zu bewahren. Bis jetzt hat Hauptkommissar Raimondi Cesare einen Ton durchgehalten, bei dem man nicht weiß, ob er nur streng sein oder ob er ihn verarschen will. Aber jetzt schlägt er einen anderen Ton an.

Er sagt: »Du kennst ihre Gewohnheiten, du weißt, mit wem sie Umgang pflegen, wen sie um Hilfe bitten könnten, und deshalb glaube ich, gewissermaßen, dass es am besten wäre, wenn du die Aufgabe übernimmst, sie aufzuspüren. Ich bin mir, gewissermaßen, sicher, dass du auch diesen Auftrag erfolgreich ausführen kannst ...«

Und er schleudert ihm die vier Namen und die vier Fotos entgegen: Gastone Grossi, Michele Spinola, Andrea de' Cerchi und Filippo Coco.

»Die Fotos sind überflüssig, ich kenne sie gut. Wenn ich mich nicht irre, hat meine Wenigkeit diese Namen geliefert, und die Fotos hat ebenfalls meine Wenigkeit für Sie im Archiv aufgestöbert.«

Der Kommissar dreht ihm den Hintern zu und geht davon: Raimondi Cesare hat mit keinem Wort seine Tirade von gestern erwähnt, kein Sterbenswörtchen über den ungenehmigten Urlaub verloren. Das ist sein Stil, wenn er jemanden braucht und nicht um eine Gefälligkeit bitten will, indirekte Erpressung, das ist sein Stil.

Denn was könnte bitte schön sein Gefasel von »Wo sind sie hin? Wer hat ihnen gesteckt ...?« anderes bedeuten als eine indirekte Erpressung?

Aber auf dem Flur kommt Sarti nicht weit; eine andere Gewohnheit: Raimondi Cesare lässt ihn erst hinausgehen, dann ruft er ihn zurück, so wie jetzt: »Sarti!«

»Ja?«

»Wegen diesem… diesem… Andrea de' Cerchi…«

»Ja?«

»Geh mit äußerster Umsicht vor… Er ist der Sohn eines Richters und, gewissermaßen, ein Adliger…«

»Und wen kümmert das schon!« Sarti flüstert es wie ein Liebeswort, damit Raimondi Cesare es nicht hört, und nickt gleichzeitig.

Er geht und denkt an seine eigenen Angelegenheiten: »Der da macht nichts anderes als erpressen, unentwegt: Als ob ich mich je mit diesen verdreckten, stinkenden, langhaarigen Mistkerlen eingelassen hätte… Außer mit Rosas. Vielleicht weiß Rosas mehr als die anderen: Auch er ist an diesem Abend bei der Versammlung im *Sanleonardo* gewesen … Bis auf Rosas, wie gesagt, der kein Stinker ist, kein Langhaariger…«

Er denkt laut nach, als müsste er sich mir oder euch gegenüber dafür rechtfertigen, dass er Rosas kennt und mit ihm Umgang hat.

Ich weiß nicht, ob ich euch schon von diesem Rosas erzählt habe: Das ist ein Typ, der von sich behauptet, er würde studieren, und tatsächlich ist er an der Universität eingeschrieben, bei welcher Fakultät weiß ich nicht. Ich habe nicht kapiert, ob er Kommunist ist oder Anarchist, ob er bei *Lottacontinua* mitmacht oder bei den Marxistenleninisten oder sonst wie den Frieden stört. Um ehrlich zu sein: Er gleicht niemandem und macht seine eigene Geschichte: Wenn er über Politik diskutiert, denkst du, dass er recht hat; wenn er von Wirtschaft spricht, begreifst du, dass er nicht falsch liegt; wenn er dir seine Gedanken mitteilt, stellst du fest, dass auch du, im Grunde, so denkst. Das heißt, du denkst nicht so, aber es bereitet dir keine Mühe zu denken, dass du so denkst wie er. Es ist ein wenig kompliziert: Und im Übrigen ist auch Rosas kompliziert. Oder zu einfach! Vielleicht gelingt es mir auch im weiteren Verlauf, euch besser zu erklären, was für ein Typ dieser Rosas ist. Fürs Erste nur so viel, dass er eine Brille mit unglaublich dicken Gläsern trägt und dass er, wenn er sie abnimmt, nicht einmal einen Lastwagen in zwei Meter Entfernung sieht. Außerdem ist er hässlich. Mir zumindest kommt er hässlich vor, aber die Frauen behaupten, er sei interessant. Er redet wenig: Gewöhnlich pfeift er. Wenn er lernt, pfeift er, wenn er denkt, pfeift er … Ich habe noch nicht nachgeprüft, ob er auch pfeift, wenn er schläft oder Liebe macht, aber wundern würde es mich nicht.

Sarti Antonio taucht also bei dem Typ auf, von dem ich euch erzählt habe (Rosas), und trifft ihn noch im Bett an: Er schläft und pfeift nicht – das wäre also hiermit geklärt. Das Tollste ist, dass seine Haustür (er wohnt in der Via Santa Caterina, im historischen Zentrum, Erdgeschoss) nie abgeschlossen ist. Wozu auch; was könnten Diebe hier schon stehlen außer Schimmel, Feuchtigkeit und Büchern? Schimmel und Feuchtigkeit locken niemanden. Und Bücher? Hat man je einen Dieb gesehen, der Bücher mitgehen lässt? Da kann ich euch vielmehr einen Rat geben: Wenn ihr Geld verstecken müsst, dann legt es zwischen die Seiten eines Buchs mit seriösem Inhalt, falls ihr so etwas habt. Sicherer als dort ist es nicht einmal auf der Bank verwahrt!

Sarti Antonio tritt ein und trifft Rosas also noch im Bett an. Es ist kalt und mieft, wie üblich, und Sarti reißt die Fenster auf: Alle, die er vorfindet, und das sind: eines, das nach vorne auf die Arkaden in der Via Santa Caterina geht, ein anderes, das nach hinten auf den zwei Meter mal zwei Meter fünfzig großen Innenhof geht, und das letzte, das Klofenster, das auf eine Art Luftschacht geht, der bis zu den Dächern hinaufreicht. Herein ziehen Kälte und Feuchtigkeit: Beides so kalt und so feucht, wie die Winterluft im historischen Zentrum nun mal ist.

»Der Schlag soll dich treffen! Zumachen!«

Rosas hat keine Brille auf, und Sarti Antonio weiß genau, dass er nicht sehen kann, wer hereingekommen ist. Sarti sagt nichts: Er setzt sich an den Tisch und wartet. Rosas steckt jetzt auch noch den Kopf unter die Decken. Fast gleichzeitig taucht daraus ein blondes Köpfchen auf, wie von einer Puppe, so winzig, dass es beinahe unecht wirkt.

Es betrachtet Sarti Antonio und taucht wieder ab. Es sagt: »Da ist einer!«

Ich frage mich, wie ein Mann und eine Frau auf einer Schlafcouch liegen können, auf der bestenfalls ein Kind Platz hat. Ich begreife es, als die Frau ganz auftaucht und so nackt, wie Gott sie geschaffen hat, in Richtung Badezimmer davonhüpft.

Als sie an Sarti Antonio vorbeikommt, sagt sie zu ihm: »Mach die Fenster zu, oder du holst dir eine Erkältung ...«

Der Kommissar hat schon einiges gesehen und gehört, aber eine Frau (ein Püppchen), die sich nackt durch die Wohnung bewegt, macht doch immer noch einen gewissen Eindruck auf ihn; dabei gerät sogar in den Hintergrund, dass sie, die Nackte, zu ihm, in Mantel und Schal, sagt: »Mach die Fenster zu, oder du holst dir eine Erkältung.«

Instinktiv will er ihr über die knackigen schneeweißen Pobacken streicheln. Aber im Dienst ist das nicht erlaubt. Er nimmt von der Idee Abstand und geht zu Rosas; er deckt ihn auf, auch er ist nackt, aber hässlicher (viel hässlicher!) als das Püppchen von soeben. Angewidert deckt er ihn wieder zu.

Der andere brummelt und setzt sich die Brille auf. »Und wer kann das schon sein? Eine Nervensäge. Was willst du?«

Sarti antwortet nicht. Er fragt: »Willst du einen Espresso?«

Sarti wartet nicht lange, sondern geht in die Küche und bereitet ihn zu.

Der Duft schwebt bis zu Rosas, und einen Augenblick später auch zu dem Püppchen, das bereits angekleidet ist. Wie schade!

Mit einer Kopfbewegung deutet Kommissar Sarti Antonio auf sie und fragt: »Wer ist das?«

Rosas zuckt mit den Achseln: »Eine.«

Jetzt kann er ihr genau ins Gesicht sehen, da es als einziger Teil ihres Körpers, außer den Händen, unbedeckt geblieben ist. Ein wirklich goldiges Mädchen!

»Sehr erfreut, ›Eine‹! Mein Name ist Sarti.«

Und Rosas: »Sarti Antonio, Kommissar!«

Der soeben namentlich Genannte schenkt drei Tassen Espresso ein.

»Eine« lässt ihn keinen Moment aus den Augen. »Das ist ein erstklassiger Espresso.«

»Diese Nervensäge macht den besten Espresso der ganzen Provinz Bologna. Was willst du, Kommissar?«

»Das ist eine lange Geschichte, Rosas: Sie beginnt vor

sieben Tagen, im *Sanleonardo*, in der Via San Vitale. Was sagst du dazu?«

Rosas kratzt ein bisschen Zucker zusammen und leckt den Löffel ab. Dann brummt er: »Nichts. Der übliche Schwachsinn von vier Populisten. ›Wir wollen dies! Wir wollen das! Die Revolution des Volkes! Kommt massenhaft!‹ Und kaum stecken sie die Nase aus der Tür, kommt es schon zu einer schmerzhaften Bekanntschaft zwischen ihrem Nasenbein und deinesgleichen. Das ist alles.«

»Das ist genau der Augenblick, wo meine Geschichte einsetzt: Wenn sie mit dem Schlagstock eins auf die Nase kriegen.«

Sarti trägt die Tassen zum Spülbecken und kehrt an den Tisch zurück.

Er betrachtet das Püppchen, das ihn halb lächelnd, halb spöttisch anschaut, und fragt noch einmal: »Wer ist das?«

Rosas zuckt mit den Achseln. »Ich hab's dir schon gesagt: Eine! Darf man erfahren, was du willst?«

Kommissar Antonio Sarti kehrt den Profi heraus. »Gastone Grossi, Michele Spinola, Andrea de' Cerchi, Filippo Coco. Was sagen dir diese Namen?«

»Die sagen mir einen Dreck, und wenn du gekommen bist, um mir damit auf die Nerven zu gehen …«

Rosas steht auf, schlüpft in einen Mantel, den erstbesten, den er findet, hakt sich bei »Einer« unter und geht davon.

Sie lassen Sarti dort zurück, in der Küche, als wäre er der Hausherr.

Bevor Rosas zur Tür hinausgeht, empfiehlt er ihm noch: »Wenn du dich zu gehen entschließt, dann mach das Fenster zu: Es ist kalt, und hier gibt es keine Zentralheizung wie bei dir zu Hause.«

Auch »Eine« hat noch etwas auf dem Herzen: »Wenn du noch etwas Zeit hast, Kommissar, sieh zu, dass du das Bett machst.«

Sarti antwortet nicht, weil er Angst hat, ihr wehzutun, so zart, wie sie ist. Und außerdem, wie könnte er darauf anders als mit einem Fluch antworten?

Rosas interessiert sich für die vier

Kommissar Antonio Sarti klappert den lieben langen Tag alles ab: die Buchhandlung Feltrinelli, die Freitreppe von San Petronio, die Gegend um die beiden Türme, die Unterführung in der Via Rizzoli – alle Orte eben, wo Typen wie die vier, die er sucht, zusammenkommen, um zu diskutieren. Früher hat er die vier zwei- oder dreimal am Tag gesehen. Heute – Fehlanzeige. Er fragt auch herum: Wer ihm nicht ins Gesicht lacht, antwortet, dass er es nicht weiß. Es hat den Anschein, als hätte niemand sie je gesehen. Doch Kommissar Antonio Sarti hat noch einen Trumpf in der Hand, und den spielt er am Abend aus, vielmehr in der Nacht.

Tatsächlich ist es zwei Uhr vorbei, als er mit dem Ottoecinquanta vor dem *Sanleonardo* eintrifft. Er probiert ein paar Schlüssel aus, und es gelingt ihm schließlich, hineinzukommen: Es ist stockfinster, aber er macht kein Licht. Im Saal ist niemand, natürlich nicht; keiner hat erwartet, das Quartett in der Ersten Reihe anzutreffen. Wie in allen Kirchen, die etwas auf sich halten, hat auch *Sanleonardo* einen stolzen Campanile, und Sarti Antonio, Kommissar, klettert sämtliche Stufen hinauf, bis zur Spitze.

Im Licht der Taschenlampe entdeckt er nur Staub, Spinnweben, Mäuse und schlafende Tauben.

Sarti sucht auch den ganzen Dachboden über dem edlen Kreuzrippengewölbe ab sowie den Dachstuhl aus Holz, alles aus der Zeit um 1000 herum, und das Ergebnis ist dasselbe. Das heißt: Doch, ein Ergebnis gibt es: Er macht sich von Kopf bis Fuß so schmutzig wie ein Maurerlehrling.

Sarti steigt vom Campanile wieder herunter und entdeckt, auf halbem Weg, ein Türchen, das zu ein paar Räumen führt, die heute den Schauspielern als Garderoben dienen. Dort gibt es auch ein Gitter, durch das man genau auf die Bühne hinunterschaut: Von dort oben aus wohnten die in Klausur lebenden Nonnen sonntags und an allen anderen gebotenen Tagen der heiligen Messe bei.

Das Folgende ist eine Information, die ich euch gebe und die Sarti Antonio euch nicht geben könnte. Ich gebe sie euch, weil ich weiß, dass an die Ex-Kirche das Kloster der in Klausur lebenden Nonnen angrenzte. Ohne jede Boshaftigkeit muss ich euch mitteilen, dass das Kloster genau durch die Tür, welche zu den Stufen des Campanile führt, mit der Kirche selbst verbunden war.

Das war's auch schon, und Sarti Antonio, Kommissar, kehrt, nachdem er sogar unter die Tische der Umkleideräume geschaut hat, nach draußen zurück, verdreckt, verschwitzt und erschöpft wie einer, der am Fließband arbeitet.

Zu Hause wartet ein Bad auf ihn, eine Wanne, gefüllt mit heißem Wasser, und im Schlafzimmer ein warmes Bett in geheizter Umgebung und, gegen den Pfosten der Eingangstür gelehnt, Rosas, der zu ihm sagt: »Die müssen dir deine Überstunden aber ordentlich bezahlen. Du bist ja total verdreckt, wo warst du denn, Kommissar?«

Sarti Antonio antwortet nicht: Es ist spät, und er ist in mieser Stimmung. Er zieht sich aus und steht in Unterhosen da. Er fragt nur: »Was willst du?«

Dann schwingt er sich in die Badewanne.

Rosas redet von der Türschwelle aus auf ihn ein. Er sagt: »Das ist eine böse Geschichte. Wo habt ihr sie hingebracht?«

»Wen?«

»Die vier, von denen du mir erzählt hast: Gastone Grossi, Michele Spinola, Andrea de' Cerchi und Filippo Coco. Wo habt ihr sie hingebracht?«

»Wo *wir* sie hingebracht haben?«

Rosas fängt zu pfeifen an, leise, fast verstohlen, und wartet.

»Hör zu, Rosas. Willst du mich auf den Arm nehmen, oder meinst du das im Ernst?«

Kommissar Antonio Sarti kann sich nicht vorstellen, dass Rosas ihn hereinlegen will: Das hat er noch nie gemacht, dafür kennt er ihn zu gut. Der andere sagt nichts mehr, pfeift und sonst nichts.

»Hör auf, wie eine Schlange herumzuzischen, und rede Klartext!«

»Gastone Grossi, Michele Spinola ...«

»Andrea de' Cerchi und Filippo Coco, das weiß ich!«

»... sind seit dem Abend der Demo wie vom Erdboden verschluckt, und kein Mensch hat sie mehr gesehen. Ihr habt sie an dem Abend festgenommen: Eine andere Erklärung gibt es nicht.«

»Du bist übergeschnappt! Man kann doch nicht vier Leute festnehmen, ohne dass irgendjemand etwas davon mitbekommt. Unmöglich!«

»Im Polizeipräsidium sind sie nicht. Im Knast von San Giovanni in Monte sind sie auch nicht. Wo habt ihr sie versteckt? Wo sind sie?«

Kommissar Antonio Sarti steigt aus der Badewanne und geht auf Rosas zu.

Direkt vor seiner Nase angelangt, schreit er ihn an: »Das ist es, was ich auch wissen möchte! Wo sind sie? Das frage ich dich! Es sind doch deine Freunde? Es sind doch deine Parteigenossen?«

»Meine Parteigenossen sind sie nicht, und zwar aus dem einfachen Grund, weil ich keiner Partei angehöre …«

»Nein? Und was hast du dann auf der Demo gemacht? Wo du abgehauen bist, bevor die Keilerei angefangen hat? Du bist nicht herausgekommen …«

»Was du nicht alles weißt, Kommissar!«

»Das ist mein Beruf.«

»Ein schöner Beruf.«

»Das kann dir egal sein. Und weiter?«

»Ich bin hin und hab mir den Schwachsinn angehört, den die verzapft haben: Ist das etwa verboten?«

»Nein! Aber du steckst deine Nase immer in nicht ganz saubere Sachen …«

»Ich versuche, mich auf dem Laufenden zu halten und die anderen über Theorien zu informieren, die ich für schlüssiger halte als ihre. Ist das verboten?«

»Nein! Und wo bist du gewesen, als draußen geprügelt wurde?«

»Drinnen, wo nicht geprügelt wurde. Ich sehe nicht ein, warum ich hätte hinausgehen sollen, um Prügel zu beziehen, denn ich halte es nicht für sachdienlich, sich verprügeln zu lassen. Ist das vielleicht verboten?«

Kommissar Antonio Sarti weiß nicht mehr, was er sagen soll. Während er sich abtrocknet, lässt er etwas Dampf ab. »Ich verstehe dich nicht. Was für ein Revolutionär bist du eigentlich?«

Rosas lächelt ihn mit seinen kurzsichtigen Äuglein an, beginnt erneut zu pfeifen und wartet, bis der Kommissar in seinen Pyjama gestiegen ist.

Dann legt er wieder los: »Also, wo sind diese vier abgeblieben?«

»Hör zu, Rosas: Ich bin bei dir gewesen, um genau das zu erfahren. Jetzt hör auf damit, und wir versuchen, mal logisch zu denken.«

»Von vorn?«

»Von vorn.«

Rosas macht es sich auf dem Ledersessel bequem, setzt die Brille ab und wartet.

»Hauptkommissar Cesare Raimondi hat mich beauftragt, diese vier zu suchen. Wenn er mich beauftragt hat, sie zu suchen, heißt das, dass wir nicht wissen, wo sie sich versteckt halten. Bis hierher alles klar?«

»Klar. Warum sollst du sie überhaupt suchen, Kommissar?«

»Das kann dir egal sein.«

Um die Wahrheit zu sagen, ist jetzt der Augenblick gekommen, in dem er entscheiden muss, ob er Rosas die Geschichte erzählen soll oder nicht.

Sarti zögert noch. Er fragt: »Und du, warum suchst du nach ihnen?«

Rosas hat sich inzwischen in den Sessel gelümmelt und hält die Augen geschlossen.

Er sagt: »Du bist zu mir gekommen, um mich über die

vier auszufragen, weil ich sie kenne: Da erscheint es mir nur logisch, dass ich wissen will, warum du dich für sie interessierst. Bis hierhin alles klar?«

Er äfft ihn nach, bleibt aber beim Thema.

»Und weiter?«

»Dann habe ich mich erkundigt und festgestellt, dass sie seit sieben Tagen verschwunden sind. Sie gehen nicht zur Uni, im Verein hat man sie nicht mehr gesehen, und bei ihren Mädchen sind sie auch nicht gewesen ... Was ist passiert? Vier Leute können nur verschwinden, wenn sie bei der Polizei landen oder tot sind.«

Er beginnt zu pfeifen, leise zwar, aber um vier Uhr nachts ist das für Sarti Antonio, Kommissar, doch zuviel, und er fährt ihn an: »Hör auf!«

Der andere hört ihm nicht einmal zu.

»Wenn du mir nicht sagen kannst, wo ich sie finde, brauche ich dich nicht mehr. Gute Nacht, Rosas!«

Rosas steht nicht auf. Er antwortet: »Aber ich brauche dich, Kommissar. Ich gehe nicht ...«

Er pfeift, der verdammte Kerl! Kommissar Antonio Sarti gelangt zu dem Schluss, dass nun der Augenblick gekommen ist, die Karten auf den Tisch zu legen und ihm alles zu erzählen: Wofür ihn die in der Zentrale, wenn sie davon Wind bekämen, einlochen und Gott weiß wie lange festhalten würden. Aber er kann nicht anders: Er hat Vertrauen zu Rosas, er hat diesem Gesicht einer kurzsichtigen Ratte immer vertraut. Er erzählt ihm alles, und am Ende ist es, als wäre Rosas dabei gewesen oder hätte alles im Kino gesehen.

Er lacht darüber, dieses Rattengesicht! Er sagt: »Wie kann man bloß auf den Gedanken kommen, dass diese vier der Alten Schläge mit dem Hammer hätten verpassen können? Und aus welchem Grund? Willst du mir das vielleicht erklären?«

»Motive gäbe es mindestens drei: Damit die Alte nicht schreit und die Polizei aufschreckt, die sich in der Nähe aufhielt; weil die Alte vielleicht Geld hatte, und Geld kommt allen gelegen; weil diese vier geborene Verbrecher sind!«

Rosas setzt sich die Brille auf und erhebt sich: »Jetzt gehe ich.«

Dann schreitet er zur Tür, geht hinaus und lässt Kommissar Sarti Antonio in seinem feinen Pyjama einfach stehen.

Keine Neuigkeit von Belang

Dass viele Bürger polizeilich registriert sind, das hatte ich schon irgendwo gelesen, aber dann ist die Angelegenheit in der Schwebe geblieben, und niemand hat mehr darüber geredet. Aber zu sehen, dass auch ich in ihren Registern bin, das hat mich dann doch in gewisser Weise beeindruckt. Festgestellt habe ich das, als Kommissar Antonio Sarti zur zentralen Aktenhaltung gegangen ist, um nach den Karteiblättern der vier »nicht an ihrem Wohnsitz Anzutreffenden« zu suchen. Da kann man immer etwas Interessantes zutage fördern. Während Sarti seine Arbeit erledigt, stoße ich tatsächlich auf mein Karteiblatt mit jeder Menge Lichtbildern und Fingerabdrücken. Und ich erfahre solche Dinge über mich, dass ich, würde ich mich nicht schon seit so vielen Jahren kennen, Verdacht schöpfen und mich für einen nicht resozialisierbaren Delinquenten halten würde. So neige ich zum Beispiel zur Lüsternheit, verkehre mit gefährlichen Personen und in gefährlichen Kreisen, lese wenig qualifizierte Presseprodukte, schreibe unorthodoxe Texte, und vor allem muss man mich im Auge behalten wegen meiner Thesen zur nationalen und internationalen politischen Lage. Immerhin bin ich (und das ist tröstlich) weder rauschgiftsüchtig noch homosexuell. Das beruhigt mich, aber ich bleibe trotzdem ein gefährliches Subjekt, und die Gesellschaft wird gut daran tun, sich vor mir in Acht zu nehmen. Außerdem steht da geschrieben, dass man nicht weiß, wie ich mich überhaupt über Wasser halten kann angesichts der Tatsache, dass ich keinen anständigen Beruf ausübe. Unter anständigen Berufen verstehen sie: Eisenschmied, Anstreicher, Universitätsdozent, Drahtleger, Händler, Gepäckträger, Zahnarzt, Polizist oder ähnliche berufliche Tätigkeiten.

Doch Kommissar Sarti Antonio ist nicht wegen meines Karteiblatts gekommen, und sollte er bemerken, dass ich Seiten damit verschwende, über mich selbst zu schreiben, könnte er vielleicht ausrasten.

Hier also der erste Gesuchte: Gastone Grossi. Auf seinem Karteiblatt heißt es:

Geboren am 15. Mai neunzehnhundertirgendwann in Sasso Marconi (Bologna). Wohnhaft in Bologna, Via dello Sterlino 16, bei seiner Familie, bestehend aus dem Vater Amintore, der Mutter Fedora Clienti und der jüngeren Schwester Claudia. Eingeschrieben an der Fakultät für Wirtschaft und Handel der Universität Bologna. Verkehrt in subversiven Kreisen. Teilnahme an der Besetzung der Fakultät im vergangenen Januar. Bei vielen Demonstrationen mit dem Megafon fotografiert.

Wortwörtlich so: »Bei vielen Demonstrationen mit dem Megafon fotografiert«. Wie es denen gelungen ist, ihn mit einem Megafon zu fotografieren, werde ich denjenigen fragen, der den Text formuliert hat.

Er verkehrt im Sanleonardo. *Über eine Rauschgiftabhängigkeit ist nichts bekannt. Über eine Verwicklung in den Waffenhandel ist nichts bekannt. Über eine Verbindung zur Prostitution ist nichts bekannt. Über ein sexuell abweichendes Verhalten ist nichts bekannt. Er unterhält Beziehungen – auch intime – mit einer gewissen Antonietta Carioli, Via del Simposio 13.*

»Er unterhält Beziehungen, auch intime ...« Den möchte ich wirklich sehen, der zugesehen hat, wie die Obengenannten ihre intimen Beziehungen unterhielten. Hier endet das Blatt; aber es gibt noch viel weißen Platz, der sich später füllen lässt.

Bei Michele Spinola – Fehlanzeige: die Anschrift und sonst nichts. Bei Andrea de' Cerchi hingegen:

Geboren in Bologna am 30. Juli neunzehnhundertblablabla und ebenda wohnhaft bei seiner Familie. Sein Vater ist der bekannte Richter Fioravante de' Cerchi, der letzte Erbe der Marchesi de' Cerchi. Der junge Mann ist von den Prinzipien und dem Vorbild seines illustren Vaters in beträchtlichem Maße abgewichen. Psychisch unausgeglichen aufgrund einer starken Emotionalität, die gelegentlich die Oberhand über seine Vernunft gewinnt. Der hochintelligente Mann richtet diese natürliche Gabe auf subversive Ziele. Er besucht die Juristische Fakultät. Über eine Verwicklung in den Waffenhandel ist nichts bekannt. Über eine Verwicklung in Vorgänge, die Prostitution betreffend, ist nichts bekannt. Sexuelle Devianz? Soweit bekannt, hat er niemals körperliche Beziehungen mit Frauen gehabt. Abhängig von Rauschgift? An Geld für dessen Erwerb fehlt es ihm nicht. Weitere Ermittlungen nötig. Vor etwaigen gegen ihn gerichteten Maßnahmen ist sein Vater zu konsultieren.

Filippo Coco ist ein armer Teufel, und man weiß nicht recht, wie es ihm gelingt, sein Studium zu finanzieren, da sein Vater Arbeiter und seine Mutter Hausfrau ist. Er lebt zusammen mit anderen Studenten in einer Wohnung im Zentrum, in der Nähe der Universität. Die Eltern schicken ihm, was sie erübrigen können, und wenn es geht, arbeitet er irgendwo als Kellner. Zuletzt hat er gebrauchte Heftchen verkauft: »Diabolik«, »Jacula«, »Tex Willer« und so Zeug – damit ja keine Missverständnisse entstehen!

Mit diesem netten Quartett darf sich Sarti Antonio, Kommissar, jetzt amüsieren.

Er beginnt mit Gastone Grossi, Via dello Sterlino 16. Er geht am Abend hin, weil er dann sicher ist, die ganze Familie beim Abendessen anzutreffen. Ich kann mich noch erinnern, dass man früher an einem gedeckten Tisch saß und aß und sich dabei ins Gesicht sah. Zwischen einem Bissen und einem Schluck Wein wurden gelegentlich auch ein paar Worte gewechselt. Doch diese Zeiten sind offenbar vorbei. Zwar trifft Kommissar Antonio Sarti einen Vater und eine Mutter an, die am Tisch sitzen, aber vor einem Fernseher, wo ein Bericht über Israels Vergeltungsmaßnahme als Reaktion auf die Vergeltungsmaßnahme von Ma'alot läuft. Alle beide (Vater und Mutter) starren auf den Bildschirm und schieben sich mechanisch die Gabel in den Mund: Würde ihnen jemand zum Spaß für einen Augenblick den Kopf zur Seite drehen, würden sie sich glatt in die Backe stechen. Das Dienstmädchen öffnet die Tür, ohne denjenigen, der geklingelt hat, eines Blickes zu würdigen: Auch sie glotzt auf den Monsterapparat. Das Töchterchen, die kleine Claudia, sitzt auf dem Boden, den Teller auf den Knien, und wartet gespannt, was auf die Vergeltungsmaßnahme folgen wird.

Ein wenig wartet auch Sarti Antonio, der auf der Türschwelle stehen geblieben ist, aber dann doch beschließt einzutreten. Er sagt: »Guten Abend. Ich bin von der Polizei …«

Und jetzt drehen sich alle zu ihm um.

Der Vater, Amintore, erhebt sich: »Bitte sehr.«

»Ich möchte Informationen über Gastone …«

Die Mutter lässt ihn nicht ausreden. Sie springt auf und fragt: »Was ist mit meinem Gastone?«

Um sich verständlich zu machen, muss man brüllen, aber auf den Gedanken, die Höllenmaschine leiser zu stellen, kommt keiner.

»Ich weiß es nicht: Ich möchte, dass Sie es mir sagen …«

Jetzt fährt die Kleine dazwischen: »Könnt ihr nicht leise sprechen? Man versteht ja überhaupt nichts mehr!«

Kommissar Sarti Antonio wartet auf die Maulschelle, die der Vater der Kleinen jetzt verpassen müsste. Aber sie bleibt aus, und er kommt zu dem Schluss, dass es nun an der Zeit sei, selber ernst zu machen. Er steigt über das Mädchen hinweg und schaltet das Ungeheuer aus: paradiesische Zustände.

»Was ist mit meinem Gastone?«

»Ich möchte wissen, wo ich ihn finden kann …«

Der Vater, Amintore, fordert ihn auf, Platz zu nehmen. Er sagt: »Wir haben ihn schon lange nicht mehr gesehen …«

»Was soll das heißen?«

Die kleine Claudia ist ein Schatz, denn sie zwitschert: »Seit dem 16. Januar, seit dem Abendessen. Genügt Ihnen das?«

»Das genügt mir …«

Am 16. Januar haben sie nämlich der lieben alten Dame mit Hammerschlägen auf den Kopf den Garaus gemacht.

Kommissar Sarti Antonio bohrt weiter: »Und niemand hat sich wegen dieser langen Abwesenheit Sorgen gemacht?«

Signora Fedora meldet sich zu Wort: Wenn es um ihre Kinder geht, dann sind alle Mütter herzensgut. »Mein Gastone muss viel lernen und ist oft außer Haus, um mit seinen Freunden zu lernen.«

»Hat er denn nicht angerufen?«

Jetzt ist Signor Amintore an der Reihe: »Nein! Was ist mit ihm?«

»Ich weiß es nicht. Wir fahnden nach ihm, um ihn selbst zu fragen.«

Sinnlos, hier noch mehr Zeit zu verplempern. Sarti Antonio geht. Signora Fedora holt ihn auf der Treppe ein.

Keuchend fragt sie: »Hat er was angestellt, Signore?«

Soll er ihr erklären, dass er zwar in einen Mord verwickelt ist, aber dass das eigentlich nicht so schlimm ist? Sarti Antonio kommt zu dem Schluss, dass es doch nicht so schlimm ist, alten Damen mit dem Hammer eins über den Kopf zu ziehen… Aber damit ist die Sache noch nicht zu Ende.

Aus dem Fenster gibt die kleine Claudia noch ihren Senf dazu, indem sie herunterschreit: »Wenn er dieser Schlampe von Antonietta ein Kind angehängt hat, sollte mich das freuen!«

Antonietta Carioli, die mit den »intimen Beziehungen«. Was für Zeiten! Was für eine Jugend! Was für Eltern!

Antonietta Carioli, Via del Simposio 13: ein Haus am Stadtrand, wo die Leute am Abend noch vor der Haustür sitzen und sich mit den Nachbarn unterhalten. Jeder auf seinem Stuhl, den er von zu Hause mitgebracht hat.

Die intimen Beziehungen mit Antonietta Carioli müssen eine durchaus erfreuliche Angelegenheit sein: Sie ist eine junge Frau, frisch wie eine soeben erblühte Rose, mit allem, was vonnöten ist, um oben erwähnte Beziehungen zur Vollendung zu bringen.

Darüber würde Kommissar Antonio Sarti gern noch einmal nachdenken. »Ich möchte mit Ihnen sprechen.«

Die Anwesenden sehen ihn an und warten.

Und Kommissar Sarti Antonio tut etwas, was er sonst nie tut: Er zeigt seinen Dienstausweis.

Er sagt: »Ich bin von der Polizei.«

Antonietta erhebt sich und fordert ihn auf: »Kommen Sie mit.«

Und sie geht auf die kleine Vorstadtstraße, ohne etwas hinzuzufügen. Sarti Antonio folgt ihr nicht ungern: Beim Gehen ist sie noch »intimer«, denn sie lässt alles sehen, ohne etwas herzuzeigen.

Sie gehen ein Stück, bis sie zur Eisenbahnlinie kommen.

Antonietta setzt sich am Fuß der Böschung auf ein Mäuerchen. Sie sagt: »Und?«

Rundum ist keine Menschenseele. Nur die Kälte eines Winterabends und die Stille der Stadtrandsiedlung.

»Ich will etwas über Gastone wissen. Wo ist er?«

Antonietta schüttelt die schwarzen Haare: »Ich weiß es nicht. Er ist schon vor einiger Zeit verschwunden. Es muss ihm etwas zugestoßen sein, denn sonst hat er mir immer Bescheid gesagt, wenn er wegmusste ...«

»Gehst du mit ihm?«

»Was soll das heißen?«

»Trefft ihr euch oft?«

»Ja.«

Kommissar Sarti Antonio weiß nicht, was er sonst noch fragen soll. Er sagt: »Wenn er sich meldet, ruf mich an ...«

Er hat wenig Hoffnung, aber er versucht es trotzdem.

»Ist das alles?«

Da wäre noch mehr, aber nicht hier: vielleicht in einem Zimmer, im Warmen ...

»Das ist alles.«

Antonietta wickelt sich fester in ihr leichtes Wolljäckchen und steht auf. Sie sagt: »In Ordnung.«

Sie gehen zurück.

Unterwegs fängt sie wieder an: »Darf ich erfahren, warum du nach ihm suchst?«

Wenn sie ihn mit »du« anredet, dann ist er wohl doch nicht so alt, wie er immer befürchtet.

»Es ist nichts passiert. Es geht nur um ein paar Fragen, sei unbesorgt.«

Er hat das so schön gesagt, dass er selbst daran glaubt. Er hat das so schön gesagt, dass sie sich bei ihm einhakt und sich an ihn schmiegt. »Es ist kalt!«

»Du hast ja auch nichts an.«

Er spürt ihren Busen an seinem Arm. »Wo kann ich dich finden, wenn ich dich noch brauche?«

»Ich glaube nicht, dass du mich noch brauchen wirst ...«

Sie sind da.

Antonietta sagt: »Wenn es Neuigkeiten gibt, wo kann ich dich erreichen?«

Sarti Antonio gibt ihr seine Nummer, die von zu Hause. Warum, das weiß er selbst nicht so genau.

Was Neues?

Man ist keinen Schritt weiter. Das heißt, von den vier nicht die Spur einer Spur. Aber keiner kann verschwinden, ohne eine Spur zu hinterlassen.

Das weiß auch Hilfskommissar Felice Cantoni. »Das erscheint mir unwahrscheinlich! Wenn jemand sich in den Fluss stürzt, taucht er früher oder später wieder auf. Na ja, einer kann vielleicht verschwinden, aber gleich vier? Das erscheint mir unwahrscheinlich!«

»Mir auch!«

»Hast du alles abgesucht?«

»Nein! Unterm Bett habe ich noch nicht nachgeschaut …«

Felice Cantoni weiß, wann der Zeitpunkt gekommen ist, wo man besser aufhört. Und jetzt hört er auf.

Wagen 28 ist allein unterwegs. Es ist einer von diesen Tagen, an denen nichts passiert, und man könnte auch ein Nickerchen halten, würde Kommissar Antonio Sarti nicht laut nachdenken, wie er es immer tut, wenn er ein Problem lösen muss: »Die Eltern wissen nicht, wo Gastone abgeblieben ist. Die Großmutter hat beinahe der Schlag getroffen, als ich ihr gesagt habe, dass ich ihren Enkel suche. Du, wo würdest du dich verstecken?«

Felice Cantoni weiß nie, wann diese Nervensäge mit

sich selber redet, und wann mit ihm. Weil er unsicher ist, antwortet er nicht.

»Wo würdest du dich verstecken?«

»Fragst du mich?«

»Wen denn sonst? Es gibt nur dich und mich! Wen also sollte ich sonst …?«

»Ich … na ja … hm … Ich brauche mich nicht zu verstecken. Ich habe noch nie drüber nachgedacht.«

»Dann versuch doch mal, drüber nachzudenken.«

»Ich hätte ein großes Problem: Ich müsste einen Sack mit Medikamenten für mein Magengeschwür mitnehmen …«

»Du Idiot!«

Hilfskommissar Felice Cantoni bremst bei Sartis Aufschrei mitten auf der Straße, und zwar so abrupt, dass ihnen um ein Haar einer hinten drauffährt.

Felice fragt: »Was ist los?«

Kommissar Antonio Sarti hört ihm nicht einmal zu. Er wiederholt: »Du Idiot! Du Idiot! Der Arzt! Wenn Andrea de' Cerchi drogenabhängig ist, dann weiß das vielleicht sein Arzt. Und wenn er von Drogen abhängig ist, kann er nicht lange ohne auskommen. Es ist ein Risiko, aber ich versuch's. Egal, was er sagt!«

»Wer?«

»Ich stelle mich ihm vor und sage klipp und klar, was ich will. Zum Gericht …«

Immer noch aufgrund der Tatsache, dass man nie weiß, ob Sarti mit sich selbst oder mit anderen redet, rührt sich Hilfskommissar Felice Cantoni nicht.

»Los, zum Gericht! Fahr zum Gericht!«

Jetzt schaltet Cantoni. Er wendet den Wagen und bleibt schließlich auf dem Platz vor dem Gericht stehen.

»Warte hier auf mich ...«

Sarti braucht eine Ewigkeit, aber am Ende steht er vor dem Richter. Er braucht eine Ewigkeit, weil er einen Haufen Gänge tätigen muss – von einem Gerichtsdiener zum nächsten, von einem Vorzimmer zum nächsten.

»Signor Marchese Fioravante de' Cerchi?«

Der Angesprochene nickt und fährt fort, in seinen Papieren zu blättern. Sie müssen wichtig sein. Möglicherweise wichtiger als sein Sohn?

»Sarti Antonio, Kommissar. Ich suche Ihren Sohn Andrea de' Cerchi, der in einen Mordfall verwickelt ist.«

Auch wenn sein Sohn wichtiger ist als die Papiere, die vor ihm liegen, lässt sich der Marchese das nicht anmerken. Er liest zu Ende, dann setzt er die Brille ab, lehnt sich in seinem Ledersessel zurück und blickt Sarti ins Gesicht.

Und er erkundigt sich: »Wer ist Ihr Vorgesetzter, Herr Kommissar?«

Nun, wenn die Leute sich so benehmen, platzt Kommissar Sarti Antonio der Kragen. Und wenn er dann keinen Finger rühren kann, um die fraglichen Personen zu veranlassen, ihr Benehmen zu ändern, dann schlägt seine Kolitis zu. Wie jetzt.

Er erwidert: »Hauptkommissar Cesare Raimondi.«

Der Marchese verzieht keine Miene.

Er greift zum Telefon: »Verbinden Sie mich mit Hauptkommissar Raimondi, Raimondi Cesare.«

Die Verbindung wird hergestellt.

»Mein lieber Herr Inspektor, hier spricht Marchese Fioravante de' Cerchi. Ich habe hier, vor mir, einen gewissen Herrn, der von sich behauptet, er sei Sarti Antonio, Kommissar Sarti Antonio ...«

Am anderen Ende der Leitung muss ihn Hauptkommissar Cesare Raimondi unterbrochen haben.

»Nein, nichts Ernstes, mein lieber Herr Inspektor. Ich wollte nur eine Bestätigung haben. Verbindlichsten Dank! Meine Empfehlung …«

Er legt den Hörer auf.

»Bitte sehr, Herr Kommissar …«

Sarti kann sich an nichts mehr erinnern. Er weiß nicht, warum er überhaupt in diesem Büro ist.

»Nun?«

»Ich wollte … Ich wollte wissen, ob Ihr Sohn … Also, ob der junge Herr Marchese schon lange nicht mehr zu Hause war?«

»Mein lieber Herr Kommissar, es hätte genügt, wenn Sie mich angerufen hätten, und ich hätte Ihnen geantwortet, dass mich die Abwesenheit meines Sohnes zwar nichts angeht, aber dass ich seit einigen Tagen nicht mehr das Vergnügen hatte, ihn bei Tische anzutreffen.«

»Möglicherweise seit dem 16. Januar?«

»Ich habe nicht Buch geführt, mein lieber Herr Kommissar. Aber das kann zutreffen, das kann zutreffen.«

»Und niemand … hat sich Sorgen gemacht?«

»Mein lieber Herr Kommissar, mein Sohn lebt sein eigenes Leben, in das ich mich nicht einzumischen wünsche.«

»Er verkehrt … Das heißt, er trifft sich oft mit gewissen Gruppen …«

»Mit Subversiven? Das kann zutreffen, mein lieber Herr Kommissar, das kann zutreffen …«

Sarti Antonio beschließt, den Stier bei den Hörnern zu packen: »Ist Ihnen bekannt, dass er rauschgiftsüchtig ist?«

Er hat das in einem Atemzug gesagt, leise, aber der andere verzieht, wie üblich, keine Miene.

»Mein lieber Herr Kommissar, das hoffe ich nicht. Haben Sie keine anderen Fragen?«

»Doch. Ich möchte wissen, ob der junge Herr Andrea ein Konto hat… Das heißt, ob er eine bestimmte Summe besitzt, über die er verfügen kann, ohne… ohne Sie zu belästigen.«

Sarti hält es nicht mehr aus: Er muss sich beeilen, wenn er kein Risiko eingehen will: Bei der Kolitis weiß man nie!

»Ich stelle ihm jeden Monat einen Scheck aus, mein lieber Herr Kommissar.«

»Und hat er das Geld diesen Monat schon abgeholt?«

Noch ein Auftritt am Telefon: »Verbinden Sie mich mit dem Direktor.«

Er wird verbunden – und wer hätte je daran gezweifelt?

»Mein lieber Herr Direktor, wollen Sie bitte so liebenswürdig sein und mir mitteilen, ob Andrea seinen Scheck für Februar schon eingelöst hat? Nein? Danke sehr, mein lieber Herr Direktor…«

Ab mit dem Hörer.

»Haben Sie gehört, mein lieber Herr Kommissar? Womit kann ich Ihnen sonst noch dienen?«

»Der Arzt Ihres Sohnes, Signor Marchese…«

Er sagt es so leise, dass Fioravante sich über den Tisch beugen muss: »Wie bitte?«

»Der Arzt Ihres Sohnes, Signor Marchese…«

Der andere kritzelt etwas auf ein Blatt und überreicht es ihm.

Er sagt: »Auf Wiedersehen, mein lieber Herr Kommissar, und gehaben Sie sich wohl.«

Den ersten Gerichtsdiener, dem er auf dem Flur begegnet, fragt er nach einer Toilette. Der deutet in die Richtung, und zwar so angewidert, als würden die Gerichtsdiener derlei niemals benutzen. Oder zumindest nicht während der Dienstzeit. Die nächste ist sehr weit weg, aber Kommissar Antonio Sarti muss sie erreichen. Erst als er sich drinnen eingesperrt hat, holt er wieder Luft. Er trocknet sich den Schweiß ab.

Unten erwartet ihn Hilfskommissar Felice Cantoni, so aufgeregt wie nur bei großen Anlässen: »Der Hauptkommissar hat angerufen … Er hat gefragt, ob du verrückt geworden bist … Er hat gesagt, dass du sofort zurückkommen sollst … Er hat gefragt, was dir einfällt … Er hat gefragt …«

»In die Via … die Via …«

Sarti liest den Zettel, den ihm der Marchese überreicht hat, und wiederholt den Namen mit lauter Stimme.

Felice Cantoni lässt ihn nicht ausreden. Er fragt: »Und der Hauptkommissar?«

»Nachher.«

Sarti Antonio stellt sich dem Arzt vor, der wahrscheinlich schon alles weiß …

… und der erklärt: »Ich habe Sie schon erwartet, Kommissar Sarti. Bitte sehr.«

»Ich möchte wissen, ob Andrea de' Cerchi an irgendeiner Krankheit leidet …«

»Ich weiß von keiner.«

»Ist er drogenabhängig?«

»Ich sollte Sie eigentlich die Treppen hinunterwerfen,

aber da der Signor Marchese mich gebeten hat, Ihre Fragen zu beantworten, teile ich Ihnen mit, dass mir über eine Abhängigkeit von Betäubungsmitteln nichts bekannt ist.«

Sarti Antonio hat keine weiteren Fragen und leistet sich den Luxus, dem Doktor den Rücken zuzukehren und davonzugehen, ohne sich zu verabschieden.

»Zu Rosas.«

»Die Zentrale hat schon wieder angerufen. Der Hauptkommissar sagt ...«

»Zu Rosas!«

Bei Rosas stürmt Sarti in die Wohnung wie ein Trampeltier. Er brüllt: »Wenn du kein Hurensohn bist wie der Marchese Fioravante de' Cerchi und dessen Hausarzt, dann musst du mir sagen, ob Andrea Rauschmittel konsumiert!«

Er wartet.

Er wartet noch ein bisschen, dann schreit er wieder los: »Wird's bald?«

Rosas nimmt seine Brille ab und putzt sie mit den Fingern. Was putzt er eigentlich? Er sagt: »Ich bin kein Hurensohn und auch kein Marchese.«

»Wenn ich bei meiner Rückkehr in die Zentrale nicht weiß, ob Andrea de' Cerchi Rauschmittel konsumiert hat, eröffnet Hauptkommissar Raimondi Cesare ein Ermittlungsverfahren, um mich endgültig aus dem Polizeidienst zu entfernen.«

»Dann wirst du schon sehen, was für ein Pech das ist!«

»Und?«

»Er kifft ab und zu. Sonst nichts. Genügt dir das, Kommissar?«

Auch hier tritt Sarti ab, ohne sich zu verabschieden.

»Zur Zentrale!«

Jetzt soll seinetwegen das Donnerwetter losbrechen! Er hat einen Schirm, unter dem er Zuflucht findet, und vor den Blitzen hat er keine Angst!

Und da blitzt es auch schon. »Ich glaube, gewissermaßen, dass Sie, Kommissar Sarti Antonio, gelegentlich nicht alle Tassen im Schrank haben! Was fällt Ihnen ein? Wir haben es mit einem Richter zu tun, der auf niemanden Rücksicht nimmt! Der ist imstande ...«

Sarti wirft die Nachricht hin, als handelte es sich um eine Lappalie: »Aber sein Sohn ist rauschgiftsüchtig!«

»Der Sohn von wem?«

»Der junge Herr Marchese Andrea de' Cerchi, der zusammen mit drei anderen Individuen gesucht wird: Gastone ...«

»Sprich leiser!«

Der Schirm hat standgehalten. Jetzt kann man sich schon ruhiger unterhalten.

Hauptkommissar Cesare Raimondi hat sich abreagiert. Er fragt leise: »Bist du dir sicher, Sarti?«

»So sicher, wie ich hier stehe!«

»Beweise?«

»Zeugenaussagen seiner Freunde. Für mich heißt das: Wenn der ans Kiffen gewöhnt ist, kann er sich nicht lange versteckt halten. Früher oder später wird er auftauchen. Wir müssen nur die Bank überwachen, wo er hingeht, um sein Geld für den Februar abzuholen, denn das hat er sich noch nicht auszahlen lassen.«

Hauptkommissar Cesare Raimondi ist am Boden zerstört. Er murmelt: »Man hätte die Sache mit mehr Taktgefühl angehen müssen. Wir haben es hier mit einem Richter zu tun … Du hättest, gewissermaßen, vorher mit mir reden müssen …«

»Jetzt hat es geklappt, und wir wissen, was wir wissen wollten. Sinnlos, herumzujammern …«

Sarti spricht, als wäre er zu Hause, in seinem Bad: mit absoluter Sicherheit.

»Schon gut! Schon gut! Ich werde die Bank bitten, mich auf dem Laufenden zu halten …«

»Da muss jemand hin, zur Kontrolle!«

»Aber das geht doch nicht! Der Marchese wird das, gewissermaßen, nicht erlauben! Er ist … Er ist ein Richter aus einem Guss!«

»Aber sein Sohn ist rauschgiftsüchtig!«

Sarti Antonio, Kommissar, hat das Spiel ein bisschen weit getrieben, und das merkt er jetzt, als Raimondi Cesare, Hauptkommissar, ihn anschreit: »Das habe ich kapiert! Aber es ist sein Sohn, der kifft, nicht er! Und dass dir ja kein Sterbenswörtchen über diese Geschichte rausrutscht, sonst nimmst du ein böses Ende. Und fang ja nicht damit an, meinen Lehrmeister spielen zu wollen!«

Zum dritten Mal an einem einzigen Tag leistet sich Sarti Antonio, Kommissar, den Luxus, auf dem Absatz kehrtzumachen und ohne Gruß hinauszugehen. Seine Arbeit hat er getan. Und zwar gut, dieses Mal.

Er hat Lust abzuschalten: »Zwei Espressi!«

Felice Cantonis Protestversuche gehen ins Leere: »Ich darf nicht: mein Magengeschwür. Tu einen Tropfen heiße Milch rein, damit er mir weniger schadet …«

»Verdammt! Wie kann man nur einen guten Espresso derart ruinieren!«

Der Tag nimmt ein ruhmreiches Ende, denn ihr könnt

euch nicht vorstellen, wen Sarti auf der Treppe sitzen sieht, als er nach Hause kommt. Oder vielleicht könnt ihr es euch doch vorstellen. Es ist Antonietta Carioli. Aber Sarti sagt nichts. Er steckt den Schlüssel ins Schloss, und schon geht die Tür daneben auf. Die dicke Blondine grinst ihn an. Sie trillert: »Buonasera. Dieses Fräulein wartet schon eine ganze Weile, die Ärmste. Ich habe ihr gesagt, sie soll zu mir hereinkommen, aber das hat sie nicht gewollt, die Ärmste …«

Sarti lässt sie nicht ausreden. Er antwortet: »Das habe ich gesehen. Buonanotte …«

Und er macht ihr die Tür vor der Nase zu.

Antonietta Carioli lächelt ihn an: »Die tut dir aber schön …«

Es ist das zweite Mal, dass man ihm das sagt, und Sarti Antonio hat die Nase voll: »Dieser verdammte Fettkloß soll sich um seine eigenen Angelegenheiten kümmern!«

»Die tut dir schön!«

Sarti fordert Antonietta auf, Platz zu nehmen, und fragt: »Einen Espresso?«

Sie schüttelt den dunklen Kopf. Sie *ist* schön! Sarti Antonio kommt zu dem Schluss, dass sie ein bildschönes Mädchen ist.

Er weiß nicht, was er sagen soll. Er erkundigt sich: »Gibt es Neuigkeiten?«

Immer noch mit ihrem dunklen Kopf deutet sie ein Ja an. So weit alles klar: Falls Sarti Antonio, Kommissar, gehofft hat, dass sie wegen seiner schönen Augen gekommen ist, weiß er jetzt mit Sicherheit, dass er sich getäuscht hat.

Er sagt: »Ich mache uns erst mal was zu essen, du kannst ja schon einmal ablegen …«

»Schon?«

Im Grunde ist er schüchtern. Er murmelt: »Ich meine, den Mantel …«

Und er zieht sich in die Küche zurück.

Sie trinken und essen. Sarti Antonio will nicht, dass der Augenblick kommt, aber er kommt.

Antonietta sagt: »Ich muss wissen, warum du Gastone suchst …«

»Das kann ich dir nicht sagen.«

»In Ordnung – dann gibt es auch keine Neuigkeiten!«

Er schenkt noch ein Glas Roten ein, und das Mädchen leert es sofort. Das wäre die Gelegenheit, sie am Arm zu nehmen und ins Schlafzimmer zu führen, dann …

Zum Teufel mit der Arbeit! Er steht auf, nimmt sie am Arm …

Dann geht alles wie von selbst.

Unten herum ist sie genau so, wie er es sich vorgestellt hat: weiß, weich und warm wie …

Es sind die üblichen Sachen, die man sich so sagt, aber es ist genau das, woran man in bestimmten Momenten denkt.

Er weiß nicht, ob sie befriedigt ist. Er fragt: »Bist du … bist du fertig?«

Sie lächelt und nickt, die schwarzen Haare auf dem Kopfkissen.

»Bist du sicher?«

Antonietta nimmt seinen Kopf und drückt ihn an ihre Brust. Das genügt! Sarti träumt mit geschlossenen Augen, einen Augenblick lang, der ihm wie eine Ewigkeit vorkommt, aber sofort vorbei ist. Ich will sagen, dass man nie weiß, ob man noch bleiben möchte, oder ob man möchte, dass alles schon zu Ende ist… Ich weiß nicht, ob ihr mich versteht.

»Ich habe eine Nachricht im Briefkasten gefunden. Von ihm.«

Jetzt ist wirklich alles vorbei, und es bleibt keine Hoffnung. Aber es ist immer noch besser hier als im Büro des Hauptkommissars oder im Wagen 28.

Er streckt sich neben ihr aus, eine Hand auf ihrem flachen, warmen Bauch und sagt: »Schieß los…«

Schweigen. Er sieht sie an, wie sie lächelt, die Augen halb geschlossen, wirklich schön. Wer weiß, ob in das Karteiblatt von Sarti Antonio, Kommissar, morgen jemand einträgt: »Hatte intime Beziehungen mit Carioli Antonietta…«

Sie reißt ihn sofort aus diesen Gedanken, denn sie sagt: »Du bist es, der etwas erzählen muss…«

»In Ordnung…«

Und Sarti Antonio, Kommissar, gibt ihr die ganze Geschichte zum Besten und betrachtet sie, während er spricht. Sie hat die Augen geschlossen, aber am Ende gelingt es ihr nicht, die Tränen zurückzuhalten.

Sie stammelt: »Das glaube ich nicht! Gastone ist zu so etwas gar nicht imstande…«

Sie wischt sich die Wangen mit dem Handrücken ab, wie ein kleines Mädchen. Es fehlt nur noch, dass sie die Nase hochzieht … Aber sie hört nicht auf zu weinen.

»Ich habe nicht behauptet, dass er es war: aber einer von den vieren. Man müsste sie erst aufstöbern, um das herauszufinden. Ich weiß nicht, wo ich noch suchen soll. Und je länger er sich versteckt, desto kritischer wird seine Lage…«

Antonietta Carioli steigt aus dem Bett, nackt, wie sie ist, und weint weiter. Wenn eines Tages eine Frau so um euch weint, könnt ihr euch glücklich preisen …

Sie nimmt ein Blatt aus ihrer Tasche und überreicht es Kommissar Antonio Sarti. Darauf steht: »Mir geht es gut. Such mich nicht und glaub nichts von dem, was sie dir sagen. Sobald ich kann, melde ich mich. Ich küsse dich überall. Gastone.«

Sarti dreht das Briefchen in alle Richtungen; es ist auf die Rückseite eines Flugblatts geschrieben, auf dem steht: »Drittes Folksong-Festival. Jeden Montag stellt eine politische Gruppe im *Sanleonardo* volkstümliche Weisen und antifaschistische Lieder vor. Erster Teil am nächsten Montag.« Das bedeutet, dass Gastone Grossi die Stadt nicht verlassen hat. Das ist doch schon was!

»Deshalb glaube ich kein Wort von dem, was du mir erzählt hast.«

»Wann hast du das gefunden?«

»Heute Morgen. Gestern Abend war es noch nicht da.«

»Glaubst du, dass er dir noch weitere zukommen lässt?«

»Das weiß ich nicht, aber du darfst nichts unternehmen, um ihn aufzuspüren.«

Sarti Antonio, Kommissar, sitzt so tief in der Tinte wie noch nie. »Das kann ich nicht. Es ist mein Job …«

»Sag keinen solchen Schwachsinn! Du bist nicht wie deine Kollegen.«

Er weiß nicht, ob sie das sagt, um ihm einen Gefallen zu tun oder um ihn zu überzeugen. Aber jetzt ist nicht der Augenblick zum Nachdenken. Ein Kuss auf die Brustwarze, und er trocknet ihr die Tränen. Sie ist so lieb!

Rosas weiß wieder einmal mehr

Die Gewissensbisse sind im Nu verflogen, als Hauptkommissar Raimondi Cesare zu ihm sagt: »Andrea de' Cerchi hat den Scheck bei der Bank eingelöst!«

»Gut, und habt ihr ihn festgenommen?«

»Nein!«

»Was heißt das – nein?«

»Nein heißt nein!«

Es lohnt sich nicht, sich darüber aufzuregen. »Wann war das?«

»Heute Morgen.«

»Aber es hat doch geheißen ...«

Sarti Antonio gelingt es nicht, sich darauf einen Reim zu machen ... Zur Klarheit verhilft ihm ausgerechnet Hauptkommissar Cesare Raimondi: »Es hat geheißen ... Es hat geheißen. Ich dachte, ich könnte mich auf den Direktor verlassen, und ich habe mich, gewissermaßen, getäuscht. Es scheint, als hätte er mich nicht rechtzeitig informiert. Es scheint, als hätte der Kassierer nicht daran gedacht ...«

»Jetzt geht also wieder alles von vorne los ...«

Haarsträubend! Sarti Antonio, Kommissar, flucht. Und deshalb hat er seine Bedenken (ob er die Sache mit dem Briefchen erzählen soll oder nicht) über Bord geworfen:

Wenn Raimondi Cesare, Hauptkommissar, seine Privatangelegenheiten im Kopf hat und auf den Dienst pfeift, gibt es keinen Grund, warum er, Sarti Antonio, Kommissar, jetzt Gewissensqualen leiden sollte. Außerdem gefällt ihm Antonietta Carioli. Außerdem kann Antonietta Carioli nicht in einen Verbrecher verliebt sein, der alte Damen mit dem Hammer erschlägt… Außerdem… Außerdem reicht es jetzt! Sarti Antonio sagt kein Wort.

Den letzten Versuch unternimmt er im Haus von Filippo Coco. Haus nur, weil man das allgemein so nennt, aber es handelt sich vielmehr um einen Ort, wo man Studenten wie Waren aufeinanderstapelt. Wie mir die zuwider sind! Nein, nicht die Studenten. Jetzt hört mir mal genau zu: Sie kommen in die Stadt, diese Unglückswürmer, die zur Universität gehen müssen und natürlich überhaupt nicht wissen, wo sie schlafen sollen; die Hyänen stürzen sich auf sie und haben die Stirn, ihnen ein Loch (Zimmer genannt) zu vermieten, in dem sechs Betten stehen, eins neben dem anderen, und dann wollen sie von jedem Studenten vierzigtausend Lire pro Monat! Vielleicht haben Filippo Coco und die anderen auch versucht, unter den Arkaden zu nächtigen, aber bei Einbruch des Winters wird das schwierig, und dann bleibt nichts anderes übrig, als die Vierzigtausend hinzublättern, Heizkosten nicht einmal inbegriffen.

Das heißt, das Volk beutet die Kinder des Volkes aus, und zwar im Namen des Volkes (und der Kultur).

Denn ihr könnt mir doch nicht weismachen, dass alle, die Zimmer so vermieten, Kapitalisten sind, Ausbeuter, die die gesamte Altstadt ihr Eigen nennen und daher nach dem Prinzip »Friss oder stirb« verfahren! Nein, meine Lieben!

Das sind Maurer, die sich eine verdreckte Wohnung in Universitätsnähe gekauft haben und die Zahlung abstottern. Es sind Bauern, die einen Lagerraum im Erdgeschoss, direkt an einem stickigen Hof, in ein Nachtasyl umfunktioniert haben. Es sind kleine Händler, die sich Sonntag für Sonntag abgerackert haben, um einen mit Koffern und Gerümpel angefüllten Dachboden, den ihnen der Großvater vererbt hat, einigermaßen herzurichten! Und das habe ich mir nicht aus den Fingern gesogen! Kommt und schaut es euch selbst an: Filippo Cocos Bett steht in einer Ecke, und um dorthin zu gelangen, muss man über fünf andere Betten hinwegklettern. Das Fenster geht direkt auf den Bürgersteig, und wenn sie es für einen Augenblick öffnen, um zu lüften, füllt sich der Raum sofort mit den Abgasen der Autos, und man kann nicht mehr von hier nach da schauen. Es stinkt nach allem: vom Schweiß bis zum Urin, vom Schimmel bis zum Furz.

»Hier schläft er also?«

Die anderen nicken und fahren fort, in ihren Büchern zu lesen und sich Notizen zu machen.

»Wann habt ihr ihn zum letzten Mal gesehen?«

»Das ist schon lange her: vielleicht vor einem Monat.«

»Und es ist euch nicht in den Sinn gekommen, die Polizei zu benachrichtigen?«

Keiner antwortet.

Sarti wiederholt: »Warum habt ihr nicht die Polizei benachrichtigt?«

»Und warum hätten wir sie benachrichtigen sollen?«

Soll man sich nun empören oder nicht? Wenn man wenigstens diesen vier Mistkerlen ins Gesicht schauen könnte, die hier herumstehen.

»Habt ihr denn kein anständiges Licht hier drinnen?«

Jemand schaltet es ein, und der Anblick ist total deprimierend. Da heißt es immer, die Studenten sollten aufhören zu protestieren; sich wie anständige Bürger benehmen. Doch eigentlich sollten sie alles in die Luft fliegen lassen – das wär's, von wegen protestieren!

Der Kommissar schaut auf das Bett, schaut unter das Bett, schaut auf das Schränkchen: abgegriffene Bücher und alte Zeitungen. Ein paar Unterhosen, zwei Taschentücher, ein Unterhemd und ein Mantel. Jetzt fällt ihm ein, dass einer der vier, die in der Via dell'Unione entwischt sind, nur eine dünne Jacke anhatte: Filippo Coco, der Ärmste! Sarti Antonio kennt ihn zwar nicht persönlich, aber dieser Filippo Coco fängt an, ihm leid zu tun. Er nimmt den Mantel und kramt in den Taschen.

Mit lauter Stimme sagt er, damit alle ihn hören: »Wenn ihr ihm den Mantel nicht bringt, wird er noch erfrieren!«

Jemand antwortet: »Deswegen bin ich da.«

Rosas ist hereingekommen. Er tritt an Filippo Cocos Bett, nimmt Sarti Antonio den Mantel aus den Händen und geht wieder.

Sarti Antonio, Kommissar, folgt ihm: »Ich begleite dich.«

»Meinetwegen ...«

Sie legen eine hübsche Strecke zurück, drehen sich aber im Kreis und kehren immer wieder zum Ausgangspunkt zurück.

Rosas bleibt stehen. Er sagt: »Ich bringe dich zu den vieren, wenn du begriffen hast, dass sie mit dem Mord nichts zu tun haben.«

»Wenn du weißt, wo sie sind, ist es deine Pflicht, die Polizei zu benachrichtigen.«

»Steck dir das in den Hintern!«

Rosas beginnt wieder mit dem Ringelreihen, und Sarti Antonio, Kommissar, hat genügend Zeit, um nachzudenken und eine Entscheidung zu treffen.

Schließlich sagt er: »Einverstanden! Erklär mir, warum sie nichts damit zu tun haben …«

Sie sind inzwischen vor San Petronio angelangt, und Rosas hakt sich bei ihm unter und fordert ihn auf, sich neben ihn auf die Stufen der Kirche zu setzen. Es ist lausig kalt.

»Könnte man nicht in eine Bar gehen?«

»Hier ist es gut.«

Wenn die vom Polizeipräsidium ihn sehen …

»Dann lass mal hören …«

»Als diese vier, Gastone Grossi, Michele Spinola, Andrea de' Cerchi und Filippo Coco, den Ex-Puff der Imelde Scampini betreten haben, war sie bereits tot.«

»Das haben sie dir erzählt?«

»Ich habe sie noch gar nicht gesehen.«

»Weißt du, wo sie sind?«

»Ich kann's mir vorstellen!«

»Ist das alles?«

Rosas überlegt, wie er es ihm beibringen kann, und unternimmt einen Versuch: »Du hast mir selbst erklärt, wie die Alte aufgefunden wurde: Dir hätte klar sein müssen, dass sie es nicht gewesen sind.«

»Das ist mir eben nicht klar. Aber ich bin ja auch nur ein kleiner blöder Bulle.«

»Die Alte saß im Sessel: keine Blutspuren ringsum. Dann sind, dir zufolge, die vier wie die Furien hereingestürmt, sie hat sie empfangen, sie hat sie im Salon Platz nehmen lassen wie in den schönen Zeiten der Bordelle, sie hat es sich im Sessel bequem gemacht und gesagt: ›Bitte, schlagt mit dem Hammer hierher, tut mir den Gefallen!‹ Glaubst du nicht, dass sie zumindest angefangen hätte, wie eine Wahnsinnige zu schreien? Und du, der du keine zehn Meter entfernt warst, hättest es gehört. Oder nicht? Die Logik sagt, dass die Alte mit den vieren hätte kämpfen müssen, durch das ganze Haus gelaufen wäre, da und dort einen Schlag mit dem Hammer abbekommen hätte, den Salon bei dem Gemetzel mit Blut hätte bespritzen müssen. Aber nein! Du hast sie in einem Sessel sitzend vorgefunden, der, zusammen mit einem anderen (einem einzigen und nicht vier weiteren, vergiss das nicht!) ohne Schutzfolie aus Plastik war. Warum?«

Rosas endet hier, und Sarti Antonio, Kommissar, ist bereits überzeugt.

Der Herr Studiosus wiederholt: »Warum?«

»Was weiß ich? Sie wird eine Verabredung mit jemandem gehabt haben.«

Der Gesprächsfaden reißt ab, und der Kommissar spürt die Kälte nicht mehr.

Wie üblich beginnt er laut nachzudenken: »Stell dir vor, wie gut mir das in den Kram gepasst hätte. Zu schön, um wahr zu sein. Alles so klar, alles so einfach, dass man schon hätte neidisch werden können … Und keiner dieser Mistkerle denkt daran! Ist es denn die Möglichkeit, dass der Hauptkommissar, dass die von der Gerichtsmedizin, dass all die anderen nicht daran gedacht haben?«

»Du hast ihnen die Lösung auf dem Silbertablett präsentiert: Wonach hätten sie noch suchen sollen?«

Sarti Antonio kann an nichts anderes mehr denken:

»An welchem Punkt muss man wieder von vorn anfangen? Wer bringt das dem Hauptkommissar bei?«

»Und warum solltest du es ihm beibringen?«

»Aber der hat doch das ganze Polizeipräsidium mobilisiert, und früher oder später werden sie sie finden …«

»Die findet keiner!«

»Bring mich zu ihnen!«

Rosas steht auf und beginnt erneut mit dem Ringelreihen. Er sagt: »Komm zum *Sanleonardo*, heute Abend.«

»Die lassen mich nicht rein; man braucht einen Ausweis.«

»Dann besorgst du dir eben einen Ausweis.«

»In Bologna bin ich inzwischen bekannt wie ein bunter Hund …«

»Du klebst dir einen schönen Schnurrbart an und setzt dir eine Brille auf … Wir sehen uns heute Abend!«

Er lässt ihn vor San Petronio stehen und geht nach Hause.

Vielleicht hat Rosas es zum Spaß gesagt, aber Kommissar Antonio Sarti hat keine Wahl, und als er vor dem *Sanleonardo* auftaucht, mit Schnauzer, Bart und Brille, ist er sich sicher, dass ihn keiner erkennt. Er wirkt ein bisschen lächerlich: Die Schnurrbarthaare hängen ihm an den Mundwinkeln herunter und vereinigen sich auf Kinnhöhe mit den Barthaaren … Wirklich eine hübsche Leistung! Aber er hat dabei einigen Schweiß vergossen: Er hat sich zwölf Mal geschminkt, bis er zufrieden war. Das mit der Brille ist ziemlich schwierig gewesen, weil er keine in Reichweite hatte; deshalb hat er sich die Lesebrille von Felice Cantoni ausgeliehen. Das Problem ist nur, dass er, wenn er sie auf der Nase hat, so wie jetzt, absolut nichts sieht.

Irgendwie schafft er es bis zum Eingang und verlangt eine Eintrittskarte.

Da sagt man ihm: »Man braucht einen Mitgliedsausweis. Hast du einen?«

»Nein.«

»Dann lass dir einen geben. Wie heißt du?«

»Michele Santoro ...«

»Tausend Lire ...«

Er zahlt, und diesen Tausender wird ihm nie jemand erstatten.

»Eine Karte ...«

»Tausend Lire ...«

Er zahlt noch einmal, und das wird ihm erst recht keiner erstatten.

Er hält nach einem von den vieren oder vielleicht nach Rosas Ausschau, aber es ist sinnlos, denn das Einzige, was er schwach erkennen kann, sind Schatten. Mit Ach und Krach entdeckt er einen freien Platz, nachdem er sich auf drei Typen gesetzt hat, die er nicht gesehen hatte. Er betet, dass es bald dunkel wird, damit er die Brille absetzen kann.

Es beginnt ein Theaterstück nach allen Regeln der Kunst, das, soweit man es hört, von einer gewissen Thi erzählt, der Frau eines gewissen Wui-ie, die verzweifelt, weil ihr Mann am Abend nicht nach Hause kommt. Danach erfährt man (Sarti Antonio, aber auch die Ehefrau), dass Wui-ie, statt von der Arbeit zurückzukehren und mit seiner Frau zu schlafen (mit der er seit zwanzig Tagen verheiratet ist), in der Gegend herumzieht und Brücken in die Luft jagt ...

Und so geht es weiter, bis Rosas' Stimme ihm in ein Ohr sagt: »Wohl bekomm's, Kommissar!«

Er sitzt neben ihm, Filippo Cocos Mantel auf den Knien.

Sarti Antonio flüstert ihm zu: »Wo sind sie?«

»Du wirst schon sehen …«

Die Geschichte über irgendwelche mörderischen Holzpflöcke im Flussbett zieht sich noch ein Weilchen hin, und am Ende gibt es auch noch die übliche Diskussion mit dem Publikum. Als alle aufstehen, um schlafen zu gehen, erhebt sich auch Rosas. Sarti Antonio, Kommissar, hält sich an seinem Ärmel fest und lässt ihn nicht mehr los. Rosas zieht ihn hinter sich her, und sie schließen sich im Lokus ein.

»Bist du übergeschnappt? Wenn jemand hereinkommt, hält er uns für Homos!«

»Sei still und mach das Licht aus.«

Sie bleiben eine Zeit lang im Lokus, bis draußen nichts mehr zu hören ist.

»Los!«

Rosas öffnet die Tür und leuchtet mit einer Taschenlampe. Es ist niemand mehr da: nur der Geruch nach Zigaretten und Bühnenstaub.

Sarti Antonio, Kommissar, reißt sich die ganze Aufmachung ab und kann endlich wieder durchatmen. Er sagt: »Also hier habe ich bereits gesucht. Das ist Zeitverschwendung!«

Rosas antwortet nicht und schiebt ihn in den Saal. Er sagt, leise: »Sei still und setz dich da hin.«

Danach hört Sarti ihn nicht mehr. Er schaut sich um, aber man sieht nicht einmal den Finger vor der Nase.

Eine Zeit lang im Dunkeln zu sitzen kann auch angenehm sein, aber nach dreißig, vierzig Minuten – das kann ich euch sagen – geht einem die Sache allmählich auf die Nerven. Vor allem, wenn du in jedem Augenblick mit einem Stockschlag auf den Kopf rechnen kannst. Am Ende bist du total verkrampft, ziehst den Kopf ein und wartest auf den Hieb: Deine Muskeln erstarren. Außerdem regt das Ambiente die Darmtätigkeit an (ich weiß nicht, ob euch das auch so geht), und Sarti Antonio, Kommissar, wird von der Kolitis gequält und würde sich am liebsten wieder im Lokus von vorhin einsperren.

Er ist gerade im Begriff, sie alle zum Teufel zu wünschen und einen Fluch auszustoßen, als er ein Geräusch hört: Er ist sich nicht ganz im Klaren darüber, welcher Art es ist, aber es wiederholt sich. Als würde jemand eine Tür mit rostigen Angeln öffnen. Er sieht sich gut um: Ihm bleibt nichts übrig, als den Kopf noch weiter einzuziehen und ihn vielleicht noch mit den Händen zu schützen.

Jemand sagt: »Wo ist die Taschenlampe?«

»Da, wo sie immer ist …«

»Ich bin nass bis auf die Knochen.«

»Ich habe Hunger und möchte …«

Auf das Stichwort »möchte« plötzlich Licht! Ein schönes üppiges Licht, hell, das die Szene beleuchtet, als wäre es Tag, und es blendet die vier unfreiwilligen Schauspieler, die auf der Bühne erstarren. Kommissar Antonio Sarti sieht sie, sie aber sehen ihn nicht, sie fluchen und halten sich die Augen zu.

Sie sind es alle vier: Gastone Grossi, Michele Spinola, Andrea de' Cerchi und Filippo Coco.

Dann tritt auch Rosas ins Licht. Er sagt: »Ich bringe dir deinen Mantel.«

Und er überreicht ihn Filippo Coco.

Alle sind wie versteinert.

Schließlich ist es Andrea de' Cerchi, der sagt: »Bist du noch bei Trost? Was willst du hier?«

Jetzt ist es, als würden auch die anderen aufwachen:

»Wer hat dir gesagt, dass wir hier sind?«

»Wie bist du hereingekommen?«

»Ist dir jemand gefolgt?«

»Was willst du?«

»Mach diese Scheinwerfer aus...«

»Willst du, dass die Polizei kommt?«

Jetzt folgt der Knalleffekt, weil Kommissar Antonio Sarti auf die Bühne springt und ruft: »Die ist schon da!«

Ich schwöre euch, dass ich loslachen würde, wenn die Situation nicht so angespannt wäre. Kommissar Antonio Sarti hängt noch ein bisschen vom Schnauzbart von der Lippe, und da und dort kleben ein paar vereinzelte Barthaare am Kinn.

Eine Zeit lang redet keiner mehr, aber an der Art, wie die vier Rosas ansehen, merkt man, dass sich die Sache nicht sehr gut anlässt.

Wenn sie es waren, die die Alte mit dem Hammer kaltgemacht haben, dann wäre es für sie jetzt keine Kunst, auch Sarti Antonio, Kommissar, und Rosas kaltzumachen. Aber es passiert nicht.

Der klarste Kopf von allen gehört Andrea de' Cerchi. Er packt Rosas am Mantel und nagelt ihn an einer Säule fest: »Warum hast du diesen... diesen...?«

»Weil er weiß, dass ihr es nicht gewesen seid...«

Man sieht sofort, dass Andrea de' Cerchi der Sohn eines Marchese ist: schlank, mit zwei Händchen, die jede Liebesdienerin vor Neid erblassen lassen würden. Die blonden Haare rahmen ein Gesicht ein, das an ein Christusbild erinnert.

Er fragt Sarti: »Stimmt das?«

»Wenn Rosas es sagt …«

Der Kommissar blickt sich um. Diese vier Hurensöhne waren unter der Bühne eingeschlossen und sind durch eine Falltür in der Ecke herausgekommen. Er geht dorthin und sieht nach: Die Falltür führt in einen Keller.

Rosas erklärt: »Das war die Krypta der Kirche. Darüber haben sie die Bühne gebaut und die Falltür für das Material dagelassen.«

Kommissar Antonio Sarti schüttelt den Kopf. Er sagt: »Da hätte sie nur der Teufel gefunden, da unten begraben! Wart ihr auch vor drei Tagen dort versteckt?«

»Ach, du bist das gewesen?«

»Das bin ich gewesen, und ich habe euch gesucht.«

Gastone Grossi hat noch immer nicht den Mund aufgemacht. Er geht auf Sarti zu und sieht ihm ins Gesicht. Er fragt: »Was willst du?«

Er ist ein hübscher Kerl: Es lohnt sich, so um ihn zu weinen, wie Antonietta es getan hat.

»Was willst du?«

Er wiederholt es so, dass man sofort Klartext reden muss: »Ich will alles über den Abend neulich und über die Alte wissen.«

Rosas hat inzwischen die Scheinwerfer bis auf einen ausgeschaltet: Man fühlt sich etwas wohler, ohne diese blendenden Lichter. Wie die Schauspieler das stundenlang aushalten, ist mir schleierhaft.

Sie setzen sich alle auf den Holzboden, und Sarti Antonio wartet, dass einer sich aufrafft. Er mustert sie der Reihe nach: Gastone Grossi hat glänzende Augen, als hätte er Fieber, und das wäre auch überhaupt nicht verwunderlich angesichts der Tatsache, dass diese Krypta von Feuchtigkeit durchdrungen ist und wir Winter haben.

Kommissar Antonio Sarti zieht seinen Mantel aus und legt ihn ihm um die Schultern. Es hat den Anschein, als hätte keiner Lust zu reden.

Deshalb fängt Rosas an: »Ihr müßt ihm erzählen, wie die Sache abgelaufen ist …«

Gastone Grossi hebt den Blick und sieht Sarti an. Er hat tatsächlich Fieber: »Wieso?«

»Weil er euch helfen kann …«

»Ein Bulle! Seit wann denn das?«

Am liebsten würde Sarti ihm den Mantel, den er ihm um die Schulter gelegt hat, wieder wegnehmen, aber dann denkt er an Antonietta und sagt: »Mir zu vertrauen ist unter den gegebenen Umständen das Einzige, was ihr tun könnt; es sei denn, ihr wollt lieber sterben, in dieser Krypta. Und so wie du dran bist, ist das nicht ausgeschlossen.«

Andrea de' Cerchi denkt immer am praktischsten. »Wer hat dir gesagt, dass wir hier sind?«

Rosas verzieht keine Miene: »Ihr selbst.«

Er zeigt das Zettelchen her, das Gastone Grossi Antonietta Carioli geschickt hat.

Er erklärt: »Diese Flugblätter sind vor einigen Tagen hier drinnen gedruckt worden und sollten heute Abend zum ersten Mal verteilt werden: Du konntest sie also nur von hier drinnen haben.«

Gastone Grossi reißt ihm das Blatt aus der Hand. Er zittert ein wenig. Er fragt: »Wie geht es ihr?«

Kommissar Sarti Antonio würde gern etwas sagen, aber Rosas kommt ihm zuvor: »Ihr geht es gut. Sie lässt dich grüßen und dir ausrichten, du sollst diesem Typ da vertrauen.«

Kommissar Sarti Antonio kommt dies neu vor. Er hat begriffen, dass dieser Junge und Antonietta sich wirklich gern haben. Aber warum, zum Teufel, ist sie dann mit ihm ins Bett gegangen? Das wird sich später klären. Jetzt geht es erst mal um die vier.

Er fragt: »Und?«

Gastone Grossi kuschelt sich in den Mantel und legt los: »Da gibt es nicht viel zu erzählen. Wir sind durch die Via dell'Unione entkommen und haben uns in die erste offene Tür gedrückt, die wir gefunden haben. Drinnen saß die Alte, im Sessel, tot. Das war alles.«

»Und warum habt ihr nicht die Po…«

Andrea de' Cerchi ist viel strenger als die anderen: Er ist ein echter Marchese.

»Glaubst du denn, deine Konsorten hätten uns geglaubt?«

»Ich sehe nicht, warum sie das nicht hätten tun sollen.«

De' Cerchi tritt nahe an den Kommissar heran und sagt ihm ins Gesicht: »Entweder du bist blöd, oder du hältst uns für blöd!«

In der Tat gelingt es nicht einmal Sarti Antonio zu glauben, dass Hauptkommissar Cesare Raimondi sie nicht umgehend und ohne weiteres Nachdenken des Mordes bezichtigt hätte.

Gastone Grossi fängt wieder an: »Wir haben gewartet, bis die Lage sich beruhigt hat und die Polizei abgezogen ist, dann sind wir gegangen. Nur dass wir da drinnen überall unsere Fingerabdrücke hinterlassen haben und ihr nicht lange gebraucht hättet, uns zu finden. Deshalb schien es uns angebracht, eine Zeit lang abzutauchen.«

Er versucht, den Sarkastischen zu spielen, aber ich weiß nicht, ob es am Fieber liegt oder an der Kälte – jedenfalls habe ich den Eindruck, dass es ihm nicht sehr gut gelingt.

Tatsächlich sagt er: »Weil ich mir vorstelle, dass ihr unsere Fingerabdrücke im Polizeipräsidium vorliegen habt, oder?«

Darauf geht Kommissar Antonio Sarti nicht ein. Er fragt: »Aber wer ... Wie habt ihr es geschafft, hier hereinzukommen?«

»Ich habe einen Schlüssel und kannte die Krypta, weil ich in der Gruppe war, die die Kirche zum Theater umgebaut hat ...«

Es gibt noch ein paar offene Fragen, und Kommissar Antonio Sarti will, dass sie geklärt werden. Er fragt: »Und das Essen? Und das Briefchen an Antonietta? Und das Geld, das Andrea de' Cerchi von der Bank geholt hat?«

»Das Essen bringen uns die Fedayin ...«

Sarti glaubt, sich verhört zu haben, und fragt: »Wie bitte?«

»Eine Gruppe palästinensischer Studenten, die hier ihren Sitz haben. Die reden nicht, und niemandem würde einfallen, sie zu verhören. Und es ist einer von ihnen gewesen, der den Brief in Antoniettas Briefkasten gesteckt hat ...«

Ist jetzt alles klar? Sarti wartet nur noch auf die Einlassung des Marchese, und die lässt nicht auf sich warten: »Ich habe kein Geld geholt. Niemand von uns ist seither draußen gewesen.«

Diese Tatsache wird mit Hauptkommissar Cesare Raimondi zu klären sein, und eventuell auch mit dem Direktor der Bank.

Als sie gehen, vergisst Kommissar Antonio Sarti den Mantel auf Gastone Grossis Schultern. Oder er lässt ihn absichtlich da: Ich weiß es nicht und frage ihn nicht.

Draußen sagt er zu Rosas: »Dieser arme Teufel hat hohes Fieber. Wenn sie noch lange in der Krypta bleiben, wird er draufgehen.«

Rosas hört für einen Augenblick zu pfeifen auf. »Beeil dich mit der Aufklärung des Mordes, und sie werden ans Licht der Sonne treten!«

»Warum versuchst du es nicht?«

»Ja, warum eigentlich nicht?«

Von vorne beginnen ...

... bedeutet: zurück zur Tatnacht, und das ist nicht leicht. Es ist nicht leicht zu vergessen, dass die vier sich in dem Ex-Bordell (Freudenhaus) eingeschlossen haben, dass sie den Mord nicht gemeldet haben und danach wie Kriminelle untergetaucht sind ...

Es ist nicht leicht, den warmen Körper von Antonietta Carioli zu vergessen, die fieberkranken Augen ihres Freundes ...

Sarti Antonio passt Antonietta am Eingang zur Universität ab und geht neben ihr her. Er sagt: »Ich habe ihn gesehen!«

»Und da hast du ihn nicht festgenommen?«

»Nein! Aber posaune das nicht in der Gegend herum.«

»Wie geht's ihm?«

»Er ist krank: Er hat Fieber. Ich habe ihm meinen Mantel dagelassen ...« Und wenn sie den finden und feststellen, dass er ihm gehört, weiß ich nicht, was ihm dazu einfallen wird.

Antonietta hängt sich bei ihm ein und schmiegt sich an ihn, wie an einem Abend vor nicht allzu langer Zeit. »Danke, du bist ein echter Freund.«

»Nein! Ich versuche nur, dem Glauben zu schenken, was sie mir erzählen, aber ich schaffe es nicht.«

Zitternd geht sie an seiner Seite, bis sie zu den beiden

Türmen gelangen: Auf der Haut hat sie den Duft, den er in jener Nacht gespürt hat und der ihm danach noch ganze Tage an den Händen haften geblieben ist. Wäre er kein Kommissar, würde er sie an sich drücken und ihr vielleicht vorschlagen, sie nach Hause zu begleiten. Weder er noch sie haben etwas zu sagen. Kommissar Antonio Sarti glaubt, es sei an der Zeit, sich zu verabschieden: »Ciao.«

»Wohin gehst du?«

»Ich weiß nicht …«

»Kann ich auch etwas tun?«

Das wäre der Moment, ihr zu sagen, dass sie etwas für ihn tun könnte. Aber er beschränkt sich darauf, zu nicken und ihr in die Augen zu sehen.

»Was denn?«

»Ruf mich an, wenn du Lust hast, mit jemandem zusammen zu sein …«

Antonietta lächelt ihn an: »Ja.«

»Er ist ein hübscher Kerl!«

Er möchte hinzufügen: »Aber ich verstehe nicht, warum du zu mir gekommen bist, neulich …« Aber er sagt es nicht, aus Angst, dass er sie antworten hört: »Weil ich nicht wollte, dass du Gastone Grossi festnimmst.«

Manche Dinge begreifen Frauen einfach blitzschnell: Sie sind viel, viel intelligenter als Männer.

Tatsächlich sagt Antonietta: »Du … Du hast mir auf Anhieb gefallen: Es ist doch nicht abwegig, dass du und ich … Du hast mir auf Anhieb gefallen.«

»Und er? Was wird er sagen?«

»Das ist egal; wir beide haben uns sehr gern.«

Sarti Antonio begreift gar nichts mehr. Im Weggehen sagt er: »Auch ich habe dich sehr gern.«

Aber er ist schon weit weg, und sie hat ihn sicher nicht gehört. Er dreht sich um und sieht, dass sie ihm nachblickt. Sie winkt ihm zu: Sie wird ihn anrufen. Und sie lächelt dabei. Schön ist sie! Ein bildschönes Mädchen, und ich sage euch, Kommissar Antonio Sarti ist verknallt. Wenn ich das sage, dann weil ich ihn kenne. Ein Typ von Frau, diese Antonietta Carioli, der auch mir gefallen könnte – und euch auch. Da bin ich mir sicher.

Er lässt sie zurück, aber er nimmt sie auch mit: Damit will ich sagen, dass sie geht und sich um ihre eigenen Angelegenheiten kümmert, aber Kommissar Antonio Sarti trägt sie mit sich, ihren Duft, ihre Gestalt mit allem Drum und Dran, bis zur Via Irnerio 27, wo er Angela Scampini antrifft, die mit Vincenzo Letizia, ihrem rechtmäßigen Ehemann, am Tisch sitzt: Sie trinken ihren Espresso. Sie bringen sogar die Höflichkeit auf, ihn zu fragen, ob er auch eine Tasse will.

Während er trinkt, fragt Sarti: »Könnte ich einen Blick in das Zimmer der Signora werfen?«

»Natürlich, seither hat niemand etwas angerührt!«

Sie begleiten ihn, und während er alles durchsucht, fragt ihn Vincenzo Letizia: »Gibt es Neuigkeiten?«

»Keine.«

»Die vier?«

Kommissar Antonio Sarti macht eine vage Handbewegung.

Signora Imelde hatte vor ihren Verwandten nicht viel zu verbergen, und er muss ganz schön suchen …

Die Leidenschaft der Ex-Puffmutter müssen Schlager gewesen sein: Liebeslieder, um genau zu sein. Auf dem Nachtkästchen liegt tatsächlich ein Stapel Musikkassetten mit allen prominenten Namen des italienischen Schlagers, die ich nicht kenne und an die ich mich nicht erinnere, aber sie sind ja auch heute da, und morgen spricht keiner mehr von ihnen. Daneben ein Kassettenrecorder: Den braucht man, denn womit könnte man die Bänder sonst abhören?

Da Kommissar Sarti Antonio nun schon einmal hier ist, sieht er nach, ob er zufällig das Band findet, das in die leere Hülle gehört, die man am Boden neben der Leiche gefunden hatte: *Die schönsten Liebeslieder von Andrea Pappalardo*, damit es ja keine Missverständnisse gibt. Fehlanzeige: Jedes Band hat seine Hülle. Vorschriftsmäßig!

Dann die üblichen Dinge: ein paar Schmuckstücke (echt oder falsch), Strümpfe, Unterröcke, private Gegenstände, Fotos, fünfzig Jahre altes Nippeszeug, Liebesromane, Karten mit Weihnachtswünschen aus Italienisch-Ostafrika, alte Zeitungen. In einer uralten Zeitung steht auf der Titelseite die Nachricht von der Verabschiedung des Merlin-Gesetzes (über die Schließung der öffentlichen Häuser) durch das Parlament der Republik Italien.

Eine Vorladung der Kommune Bologna, Stadtbauamt, eine Karte, korrekt mit Briefmarke und einem Datum, das noch nicht lange zurückliegt. Um genau zu sein: Das Datum stammt aus der Woche, bevor die Alte das Zeitliche gesegnet hat. Zu lesen ist Folgendes:

Sie werden aufgefordert, sich am Dienstag oder Freitag in der Zeit zwischen 11 und 13 Uhr in diesem Amt einzufinden wegen Auskünften betreffs Akte Nr. …

Der zuständige Sachbearbeiter:

Polacchi Franco, Vermessungsingenieur.

Mit einer Nadel ist an die oben erwähnte Briefkarte ein kleiner Stadtplan von Bologna geheftet: einer von diesen Stadtplänen im Maßstab von 1 : 2000, wie sie Sachbearbeiter verwenden und auf dem Straßen, Gebäude, Grünanlagen und so weiter eingezeichnet sind. Sarti Antonio wirft einen Blick darauf. Man sieht tatsächlich die Via dell'Unione und das ganze historische Zentrum voller Symbole: Linien, Farben, Kästchen und so weiter …

Er fragt: »Worum geht es hier?«

Vincenzo Letizia dreht und wendet die Karte in alle Richtungen und sagt: »Ich glaube nicht, dass das wichtig ist: Es fehlt sogar die Aktennummer. Vielleicht wollten sie irgendeine Auskunft haben …«

Und er legt die Karte zurück auf das Nachtkästchen, zusammen mit dem Stadtplan.

Ein Sparbuch: Vier Tage bevor sie umgebracht wurde, hat Signora Imelde Scampini fünfhundertachtzigtausend Lire abgehoben.

Der Kommissar erkundigt sich: »Hatte sie die in der Tasche?«

Dieses Mal ist es Angela, die Tochter, die antwortet: »Das weiß ich nicht. Ich habe nicht einmal gewusst, dass sie sie abgehoben hatte. Ich habe es Ihnen doch gesagt, Herr Kommissar, ich habe keinen Fuß mehr hier hereingesetzt.«

»Sie haben nirgendwo Geld gefunden?«

»Nein!«

Es ist ein ziemlich schroffes, entschiedenes Nein.

»Hat die Signora … hatte die Signora vielleicht jemanden, dem sie besonders zugetan war? Also …«

»Aber Herr Kommissar, meine Mutter war achtzig Jahre alt!«

»Das will gar nichts heißen: Ich muss in alle Richtungen ermitteln, versuchen Sie doch, mich zu verstehen …«

Angela Scampini versucht, ihn zu verstehen, fängt aber trotzdem zu weinen an: »Entschuldigen Sie mich. Also, ich glaube nicht, dass die Mamma …«

Und sie sucht Schutz in den Armen des Architekten.

Kommissar Antonio Sarti hat alles gesehen, beschließt, sich zu empfehlen, und sagt: »Die Signora muss dieses … dieses Haus sehr geliebt haben.«

Und er deutet auf die uralte Zeitung.

»Ja. Als diese Häuser geschlossen wurden, ist sie krank geworden. Sie hatte ihr Leben dort verbracht.«

Bevor er hinausgeht, fällt ihm noch eine Kleinigkeit ein: »Was können Sie mir über den Hammer sagen, mit dem …«

Er beendet den Satz nicht, weil Angela Scampini wieder in Tränen ausbricht und stammelt: »Also … also … die Mamma hat ihn benutzt, um … um sich einzuschließen, wenn sie dort war!«

Kommissar Antonio Sarti hat das nicht genau verstanden, und das sieht man ihm wahrscheinlich auch an.

Tatsächlich setzt ihn jetzt der Architekt Vincenzo Letizia ins Bild: »Wissen Sie, die Tür hatte kein Schnappschloss, sondern einen verrosteten Riegel. Und sie, die Mamma, hat den Hammer benutzt, um den Riegel von innen vorzuschieben …«

»Verstehe. Noch eins: Hat sie nie an einen Verkauf gedacht?«

Das schlägt nun ins Fach des Architekten: »Ich habe es ihr tausendmal nahegelegt, aber Fehlanzeige. Sie hat immer gesagt, sie würde zu sehr daran hängen, sie habe da drinnen die schönste Zeit ihres Lebens verbracht... Erst vor kurzem hat sie zu mir gesagt: ›Ich verkaufe nicht, ich verkaufe bestimmt nicht. Man kann ja nie wissen. Ich habe da so einige Ideen im Hinterkopf...‹ Stellen Sie sich vor, was für ein Gerede: ›Man kann ja nie wissen!‹ Als würden sie bald wieder öffnen! Hätte sie auf meinen Rat gehört, dann hätte sie dieses Etablissement in ein Studentenwohnheim umgewidmet. Hundert Meter von der Universität entfernt, lauter separate Wohneinheiten ... Das hätte ein Vermögen eingebracht!«

»Das können Sie doch jetzt machen. Die alte Dame kann Sie ja nicht mehr daran hindern, oder?«

Sarti Antonio geht.

Vincenzo Letizia hat den Eindruck, dass er zu viel geredet hat. Und er hat nicht unrecht.

Das wäre doch keine schlechte Idee. Das Leben dieses Vincenzo Letizia, seines Zeichens Architekt, unter die Lupe zu nehmen. Herauszufinden, wo die fünfhundertachtzigtausend Lire geblieben sind. Wahrscheinlich waren sie in der Handtasche und sind in den Taschen des Hammerschlägers gelandet. Oder in denen der vier...

Aber jetzt steht dieser Vincenzo Letizia, Architekt, erst mal ganz oben auf der Liste. Und vielleicht auch die blonde weinerliche Angela »Also« Scampini.

Dann muss man der Geschichte mit dem monatlichen Scheck von Andrea de' Cerchi auf den Grund gehen, der von irgendeinem Unbekannten bei der Bank eingelöst wurde...

Hier verschafft ihm der Direktor der Bank Klarheit. »Wie ich bereits Gelegenheit hatte, Herrn Hauptkommissar Raimondi zu versichern, werde ich dafür Sorge tragen, dass die Polizei benachrichtigt wird, sobald der junge Herr Marchese vorstellig wird, um den Scheck einzulösen. Es ist jedenfalls eine persönliche Gefälligkeit gegenüber dem Herrn Hauptkommissar: Sie wissen, dass die Marchesi de' Cerchi bereits seit Generationen unsere Kunden sind ...«

»Aber gewiss doch! Selbstverständlich ...«

Und Sarti Antonio begibt sich ins Büro von Hauptkommissar Cesare Raimondi.

»Was soll dieses Märchen, dass der Scheck eingelöst worden ist?«

»Bist du bei der Bank gewesen?«

»Ich bin dort gewesen ...«

»Verlässt du dich nicht auf das, was ich dir sage?«

Er kann ihm doch nicht erzählen, dass es Andrea de' Cerchi höchstpersönlich war, der ihm gesagt hat, dass er den Scheck nicht eingelöst hat!

Deshalb antwortet er mit einem klaren: »Nein!«

»Ist auch nicht so wichtig. Wichtig ist hingegen, dass du den Marchese Fioravante de' Cerchi in Ruhe lässt. Deine Aufgabe besteht, gewissermaßen, darin, diese vier zu suchen. Und aufgrund der bisherigen Ergebnisse habe ich den Eindruck, dass du noch weit davon entfernt bist. Jedenfalls wird mich der Direktor der Bank, gewissermaßen, benachrichtigen ... Und jetzt, Kommissar Sarti Antonio, berichten Sie mir über die Ermittlungen, mit denen ich Sie betraut habe!«

Sarti hat nicht viel zu berichten. Eigentlich gar nichts. Weil klar ist, dass er ihm die Geschichte nicht haarklein erzählen kann. Deshalb zieht er die Schultern hoch und den Kopf ein und murmelt: »Ich bin dabei, sie zu suchen. Ich suche sie, und ich werde sie finden.«

»Sehr gut. Sehr gut: Vier Personen verschwinden nicht, ohne Spuren zu hinterlassen.«

»Das ist auch meine Meinung.«

Er steht schon auf der Schwelle, und Raimondi Cesare, Hauptkommissar, wiederholt noch einmal: »Und lass den Marchese Fioravante de' Cerchi in Ruhe: Tu, was ich dir sage!«

Er nickt ihm ein Ja zu.

Zu Hause, eingeschlossen in seinem Badezimmer, gelangt er zu dem Schluss, dass er etliche Fehler gemacht hat. Der größte: Dass er die vier in der Krypta Eingesperrten nicht hat festnehmen lassen. Ein anderer: Dass er Gastone Grossi den Mantel dagelassen hat. Ein weiterer: Dass er Hauptkommissar Raimondi nicht alles erzählt hat. Ein vierter: Dass er Antonietta Carioli über seine Begegnung mit den vieren berichtet hat. Noch einer: Dass er sich dem Marchese Fioravante de' Cerchi anvertraut hat. Und zu guter Letzt: Dass er sich einst freiwillig zur Polizei gemeldet hat...

Aber es ist nichts mehr zu machen: Er muss am Ball bleiben, seine Fehler für sich behalten und einen Ausweg finden.

Und auch sonst ist da nichts mehr zu machen: Er ist ein Gefühlsmensch, und ich muss ihm gut zureden.

Und im Übrigen ist da nichts mehr zu machen: Es ist um jeden Preis ein anderer Schuldiger zu finden, wenn er nicht riskieren will, in einen Riesenschlamassel hineingezogen zu werden.

Und zu guter Letzt ist da ohnehin nichts mehr zu machen: Er kann sich nur noch Rosas, den vieren und

Antonietta Carioli anvertrauen … Was diese Letztere anbelangt, so kostet es ihn keine Mühe: Zu ihr hat er ganz einfach Vertrauen!

Prostituierte sind immer nützlich ...

... tatsächlich ruft Rosas ihn an und sagt: »Hier ist eine junge Frau, die mit dir reden will.«

»Worum geht es?«

»Um Imelde Scampini.«

»Es ist Sonntag, und ich habe frei! Sag ihr, sie soll morgen zu Hauptkommissar Cesare Raimondi gehen ...«

Der andere unterbricht ihn: »Hör auf mit dem Blödsinn! Ich erwarte dich.«

Und er legt auf.

Kommissar Antonio Sarti sieht mich an und schüttelt den Kopf: »Es ist Sonntag: Zum Teufel mit allen!«

Ich sage ihm, dass es so nicht geht. Es könnte wichtig sein, Rosas würde ihn nur aus schwerwiegenden Gründen belästigen, und er müsse sich schon ins Zeug legen, wenn er da mit heiler Haut herauskommen wolle, und dass ...

Er wünscht auch mich dorthin, wo er die anderen hingeschickt hat, geht aber trotzdem. Er nimmt den Ottoecinquanta.

»Wer bezahlt mir das Benzin? Bei den heutigen Preisen! Und die Überstunden? Weißt du, wie viel sie dafür zahlen? Achthundert Lire die Stunde, eine Zumutung! Aber höchstens dreißig Stunden pro Monat. Ich mache aber über hundert Überstunden! Und die siebzig, die da übrig bleiben, wer bezahlt mir die?«

Und so brummelt er weiter bis zur Via Santa Caterina.

Bei Rosas hockt eine wohlbeleibte Walküre, die sagt: »Hallo, Herr Kommissar…«

Sarti Antonio kennt ihren Namen nicht, aber er weiß, dass sie in der Gegend um die Via San Vitale auf den Strich geht: Sie hat viel zu tun, weil dort das Ghetto der Südländer ist. Die städtischen Behörden wollen zwar nicht, dass man die Altstadt als Ghetto bezeichnet, aber ich weiß beim besten Willen nicht, wie man das sonst nennen soll…

Jetzt erzähle ich euch noch was: Als vor vielen Jahren der erste Mann aus dem Süden hier ankam, ist er in das erstbeste Loch in der Via San Vitale gezogen. Seither sind sie zu Tausenden gekommen und haben sich dort einquartiert, wo die Einheimischen zuvor schon dicht zusammengedrängt gewohnt haben. Sie haben die Dachböden, die Keller, die Warenlager, die Hinterräume, die Abstellkammern unter der Treppe und die Klos bezogen und bieten ihre Arbeitskraft unter Preis an. Aber da nicht alle etwas finden, wo sie ihre Arbeitskraft anbieten können, seht ihr sie Tag und Nacht unter den Arkaden hausen und auf den Jüngsten Tag warten. Und sie singen. In den Bars. Ab und zu gibt's auch eine Messerstecherei: Man braucht nur die Zeitung aufzuschlagen.

Am lukrativsten ist die Zuhälterei; das ist bequem, nicht besonders anstrengend, zudem krisensicher und vor allem steuerfrei. Denn bisher ist noch keiner auf die Idee verfallen, dafür irgendwelche Abgaben zu verlangen.

Ich will nicht dem Rassismus das Wort reden. Aber

nennen wir die Dinge doch beim Namen, und ich sage Ghetto, weil es ein Ghetto ist.

Vielen gelingt es auch, als Maurer, Hilfsarbeiter oder in irgendeinem anderen Beruf unterzukommen: Das sind die, die dann für den Unterhalt derjenigen sorgen, die nicht arbeiten. Und die Prostitution floriert.

Die Frau, die »Hallo, Herr Kommissar« gesagt hat, ist mehr als nur gut gepolstert. Sie ist fett und erinnert mich an die Schwester von einem meiner Freunde, die ihr aber nicht kennt, und deshalb könnt ihr nicht wissen, wie fett die ist.

»Also?«

Rosas erklärt: »Sie hat jemanden aus dem Haus in der Via dell'Unione kommen sehen, kurz bevor der Schlamassel mit der Polizei passiert ist...«

Kommissar Sarti Antonio lässt ihn nicht ausreden. »Wen hat sie gesehen?«

Die Frau spricht mit neapolitanischem Akzent, der mir so gut gefällt. Sie sagt: »Hm, das, mein lieber Herr Kommissar, weiß ich nicht genau. Ich kenne nicht alle: Ich bin erst seit Kurzem in dieser schönen Stadt...«

»Erzähl ihm alles von Anfang an.«

»Aber gern. Ich bin dort vorbeigekommen...«

»Du bist dort vorbeigekommen?«

»Herr Kommissar, ist es denn verboten, dort vorbeizukommen?«

Kommissar Sarti Antonio kann es nicht ausstehen, wenn man die Dinge nicht beim Namen nennt. Er stellt klar: »Du hast auf Freier gewartet! Sag gefälligst, wie es ist, verdammt noch mal!«

»Also, bitte schön: Ich habe auf Freier gewartet. Jedenfalls bin ich dort vorbeigekommen und habe einen jungen Mann gesehen … Ein schöner Mann, Herr Kommissar, wirklich schön! Groß und schlank. Mit Brille. Mir gefallen Männer mit Brille: Sie kommen mir so … Wie sagt man? Sie wirken auf mich so …«

»… intellektuell?«

»Genau. Intellektuell. Er ist aus dieser Tür gekommen und hat sie hinter sich zugemacht. Ich habe zu ihm gesagt: ›Junger Mann, wollt Ihr ein bisschen Gesellschaft haben?‹ Er hat mich angelächelt und den Kopf geschüttelt. Ja, richtig, Herr Kommissar: Er hat mich angelächelt. Wie er sein Mädchen anlächeln würde. Ein schönes, ein liebes Lächeln …«

Kommissar Antonio Sarti wird langsam ungeduldig: »Hör mal, was ich brauche, ist sein Name: Versuch dich kurz zu fassen!«

»Ich weiß nicht, wie er heißt! Aber ich sehe ihn oft in dieser Gegend: fast jeden Abend. In der Bar: Er trinkt einen Cappuccino und isst ein Stück Gebäck, wenn ich herunterkomme und zur Arbeit gehe … Herr Kommissar, der kann kein Mörder sein! Mit einem so lieben Lächeln kann der kein …«

Sarti Antonio schneidet ihr das Wort ab: »Heute Abend zeigst du ihn mir. Wo treffen wir uns?«

»An der üblichen Stelle, Herr Kommissar. Um zehn.«

Bis zehn Uhr abends gibt es nur eine Sache, die man machen kann – zum *Gianni Falchi* gehen und sich ein Baseball-Match anschauen. Ich muss es schon mal erwähnt haben, irgendwo, dass Kommissar Sarti Antonio sich für Baseball begeistert. Ich weiß nicht, was er daran findet: Für mich ist es ein zu kompliziertes Spiel; aber man kann gut dabei nachdenken.

Es ist ein intelligentes Spiel, heißt es. Eine Herausforderung zwischen demjenigen, der den Ball wirft, und dem anderen, der ihn zurückschlagen muss: Fast wie zwischen Raimondi Cesare, Hauptkommissar, und Sarti Antonio, Kommissar. Und wer mehr Köpfchen hat, triumphiert über den anderen – auch wenn der Gegner noch so imposante Schultern und Arme hat.

Wie ich schon sagte, fördert Baseball das Denken, und so fällt Kommissar Sarti Antonio wieder ein, dass der Ehemann von Angela Scampini, Vincenzo Letizia, der Architekt, eine Brille trägt und schlank ist. Auch wenn er nicht gerade eine ausgesprochene Schönheit ist.

Um zehn Uhr abends trifft er sich mit der Bordsteinschwalbe in der Via dell'Unione: Falls sie ihm Vincenzo Letizia zeigt, würde das Kommissar Antonio Sarti nicht übermäßig erstaunen. Aber es kommt anders.

Die Dicke zeigt ihm ihren »Intellektuellen« durch das Schaufenster der Bar-Pasticceria *Squaiella*, bleibt aber selbst draußen. Kommissar Sarti Antonio geht hinein und legt ihm eine Hand auf die Schulter (während der gerade seinen Cappuccino umrührt), wie ein richtiger Polizist.

Er sagt: »Würden Sie bitte mitkommen?«

»Warum?«

Es ist ein blasser Typ, kurze Haare, groß und schlank. Wenn man es sich genau überlegt, sieht er tatsächlich aus wie ein Intellektueller und kann sogar als schöner Mann durchgehen. Mein Typ ist er jedenfalls nicht. Bei seinem »Warum?« hat er gelächelt. Kommissar Antonio Sarti hält es (weil der Mann gute Manieren hat) für angebracht, ihm seinen Dienstausweis zu zeigen.

»Ein paar Fragen nur.«

Der andere lächelt immer noch, ein feines Lächeln, das von den Augen ausgeht, und fragt: »Darf ich zu Ende essen? Ich habe noch nichts gegessen …«

Der Kommissar nickt und wartet auf ihn. Draußen ist die Prostituierte mittlerweile abgezogen: Sie will nicht gesehen werden, wenn sie herauskommen.

Im Polizeipräsidium ist fast niemand mehr. Sarti führt den jungen Mann ins (leere) Büro von Hauptkommissar Cesare Raimondi und fragt ihn ohne Umschweife: »Hast du Imelde Scampini gekannt?«

Und ohne Umschweife antwortet der Angesprochene: »Ich habe sie gekannt. Ja, sie ist tot.«

Das war nicht die Antwort, auf die Kommissar Antonio Sarti vorbereitet war; deshalb braucht er jetzt auch einen Augenblick, um zu überlegen.

Er fährt fort: »Wann hast du sie das letzte Mal gesehen?«

»An dem Abend, an dem sie umgebracht wurde«, erwidert der andere freundlich, immer noch mit den Augen lächelnd, als wäre das, was er sagt, die natürlichste Sache von der Welt. Bei diesem Typ würde sich Kommissar Antonio Sarti nicht wundern, wenn er auch die nächste Frage, die er an ihn richten wird, mit »Ja!« beantwortet.

»Hast du sie umgebracht?«

»Soll das ein Witz sein? Warum hätte ich sie umbringen sollen?«

»Das will ich von dir hören!«

Schweigen.

Und Kommissar Sarti Antonio muss wieder anfangen: »Wie kam es, dass du an diesem Abend bei ihr warst? Woher wusstest du, dass sie dort war? Was wolltest du von ihr? Warum hast du sie umgebracht?«

Dann fällt ihm ein, dass er das Wichtigste ja noch gar nicht weiß. »Wie heißt du? Hast du einen Ausweis bei dir?«

Das ist doch das Erste, was ein Polizist tut, der auf sich hält: sich den Ausweis zeigen lassen. Offensichtlich ist Kommissar Sarti Antonio kein Polizist, der auf sich hält: Aber es ist niemand da, der ihm das vorhalten könnte, denn die beiden sind allein. Der andere kramt in dem Täschchen, das er um den Hals hängen hat, und zeigt ihm den Führerschein:

Nachname: Macchiavelli. Vorname: Loriano. Geburtsdatum: zwölfter-dritter-neunzehnhundertirgendwann. Geburtsort: Vergato-Bologna. Wohnhaft in: San Lazzaro di Savena, Bianchina 10.

»Gut. Jetzt erklär mir alles.«

Der Kommissar lehnt sich im Sessel zurück, wie er es bei Hauptkommissar Raimondi Cesare viele Male beobachtet hat, und wartet mit geschlossenen Augen.

Der andere scheint nicht groß besorgt zu sein. Er sagt: »Ich habe gewusst, dass ihr früher oder später kommen würdet.«

»Und warum bist du dann nicht früher zu uns gekommen?«

»Ich hatte nichts zu sagen.«

Er ist der Typ, der leise spricht und den nichts erschüttert: ein Typ, der seelenruhig die liebe alte Dame mit Hammerschlägen hätte niederstrecken können, ohne eine Miene zu verziehen. Und Kommissar Sarti Antonio fängt an, sich Gedanken zu machen. Erst als er ihm in die Augen blickt, überlegt er es sich anders. Aber das hat gar nichts zu bedeuten.

Er hört aufmerksam zu, während dieser berichtet: »Ich bin bei der Signora Imelde eingetreten, weil ich gesehen habe, dass die Tür offen war. Das ist mir komisch vorgekommen: Normalerweise ist sie am Nachmittag gekommen. Ich habe mich oft am Nachmittag mit ihr getroffen … Sie hat mir auch alle Zimmer gezeigt; sie hat im obersten Stockwerk angefangen und die Fenster aufgemacht; dann ist sie wieder hinaufgestiegen, hat da und dort etwas abgestaubt und ist wieder gegangen. Jeden Nachmittag. Dass die Tür am Abend offen war, hat mich gewundert. Sie saß im Sessel, und ich hatte den Eindruck, dass sie auf jemanden wartete, weil sie, als sie mich gehört hat, gefragt hat: ›Sind Sie es?‹ Sie hat nicht gut gesehen: Sie hat die Leute an der Stimme erkannt. Ich habe gesagt, dass ich es sei, und da wirkte sie enttäuscht und auch verärgert. Ich habe sie gefragt, warum sie die Tür offen gelassen und nicht, wie üblich, zugeriegelt habe, aber sie hat mir keine Antwort gegeben. Sie hat nur gesagt: ›Lassen Sie ruhig auf. Gute Nacht!‹ Ich habe sie wegen des Zimmers gefragt, und sie hat mir geantwortet, dass es nicht der richtige Moment sei, sie habe zu tun und ich solle gehen.«

Offenbar hat er weiter nichts zu erzählen.

Kommissar Sarti Antonio fragt: »Wie hast du sie kennengelernt?«

»Man hatte mir gesagt, sie habe sich entschlossen, Zimmer zu vermieten, und deswegen bin ich zu ihr gegangen. Nur dass sie sich nie an etwas erinnerte und ich meine Geschichte jedes Mal neu erzählen musste: Wer ich war, was ich wollte, wer mich schickte, was für einen Beruf ich ausübte … Am Ende hat sie stets geantwortet, dass sie sich noch nicht entschieden habe und dass ich in der nächsten Woche wieder vorbeikommen solle.«

»Was für einen Beruf übst du denn aus?«

Der andere denkt kurz nach. Dann sagt er: »Ich schreibe. Ich schreibe für das Theater, aber das interessiert niemanden.«

»Und davon lebst du?«

»Nein! Das interessiert keinen. Ich schreibe auch Kriminalromane …«

Na, großartig! Dieser Typ schreibt Kriminalromane.

»Und davon lebst du?«

»Ja. Dafür gibt's Interesse.«

Kommissar Sarti Antonio überlegt ein bisschen, dann fasst er einen Entschluss; er fasst auch deshalb einen Entschluss, weil es schon halb zwölf ist. In der Nacht. Er sagt: »Ich habe den Eindruck, dass du nicht ganz bei Trost bist. Macht es dir was aus, wenn ich dich in eine Zelle bringe und dich dort lasse, bis wir ein paar Kleinigkeiten überprüft haben, die dich betreffen?«

Die Antwort kommt klar und deutlich und bestärkt Kommissar Antonio Sarti in der Meinung, dass dieser Typ nicht alle Tassen im Schrank hat. »Nein. Das macht mir nichts aus. Nur zu! Ich möchte lediglich Franca Bescheid sagen, damit sie sich keine Sorgen macht.«

»Wer ist das?«

»Franca? Eine. Darf ich mal telefonieren?«

Kommissar Sarti Antonio schiebt ihm das Telefon seines Chefs hin.

Der Typ wählt eine Nummer (die Sarti sich gleich merkt) und sagt dabei: »Es wird schwer für euch sein, jemanden zu finden, der bestätigt, dass ich nichts damit zu tun habe. Ebenso schwierig wird es sein, jemanden zu finden, der bereit ist zu schwören, dass ich sie umgebracht habe.«

Bei diesem Typ sitzt eindeutig eine Schraube locker. Mit dem wird Sarti Antonio noch viel Arbeit haben.

Er erklärt: »Die Tatsache genügt, dass du da drinnen gewesen bist an dem Abend, als sie umgebracht wurde, und dass nach dir keiner sie mehr lebend gesehen hat.«

»Außer demjenigen, der sie ermordet hat. Ihr müsstet mir auch erklären, warum ich es getan haben sollte, und es wird schwer sein, ein stichhaltiges Motiv zu finden … Pronto? Ciao, ich bin's. Heute Abend komme ich nicht nach Hause: Sie lochen mich ein. Ich weiß es nicht. Er will sehen … Er will etwas suchen … Sei unbesorgt. Ciao.«

Er legt auf. Das muss ja ein wahres Irrenhaus sein: Er ruft an und sagt: »Sie lochen mich ein«, und sie stürzt nicht zur Polizei, um nachzusehen, was passiert ist! Vielleicht geht sie gar ins Bett und legt sich aufs Ohr. Ein Tollhaus!

Kommissar Sarti Antonio knüpft das Gespräch dort wieder an, wo er es unterbrochen hat: »Ein stichhaltiges Motiv werde ich finden, da kannst du sicher sein. Wenn es eines gibt, werde ich es finden!«

Und er steht auf. Auch dieser Typ von einem Schriftsteller steht auf. Er sagt: »Das möchte ich sehen … Das möchte ich wirklich sehen.«

Das bringt Sarti zur Weißglut, und er schiebt ihn jetzt aus Raimondi Cesares Büro. Er muss sich beeilen und ihn in eine Zelle sperren, denn schon vor einigen Minuten hat sich seine Kolitis wieder gemeldet … Kurzum, die übliche Geschichte, wie immer, wenn er sich aufregt.

Danach schließt er sich im Klosett des Polizeipräsidiums ein; aber es ist unbequem, verdreckt und stinkig. Außerdem gibt es nur Zeitungspapier…

Und obendrein ist es auch noch ein reaktionäres Klosett!

Nur eine kleine Zusammenfassung

Vielleicht erinnert ihr euch besser daran, aber fassen wir den Stand der Dinge noch einmal zusammen: Es gibt vier Individuen, nach denen die Polizei fahndet, weil sie verdächtigt werden, der lieben alten Dame mit dem Hammer auf den Kopf geschlagen zu haben. Die vier (und mit Rosas sind es fünf) behaupten, nichts davon zu wissen. Argumente, die ihre Unschuld beweisen, gibt es, und wir haben sie kennengelernt. Argumente, die ihre Schuld beweisen, gibt es, und wir haben sie kennengelernt.

Theoretisch könnte das Thema bereits erledigt sein: Es würde genügen, dass Sarti Antonio, Kommissar, mit ein paar Polizisten im *Sanleonardo* auftaucht, an die Tür zur Krypta pocht und sagt: »Im Namen der Republik, des Gesetzes und des Volkes erkläre ich euch für festgenommen.« Aber er hat die verflixte Marotte, auf Rosas zu hören, und obwohl es ihm verdammt schwer fällt, zu glauben, dass die vier nichts damit zu tun haben, versucht er, sich davon zu überzeugen. Und mich und euch auch …

Also, wenn es die vier nicht gewesen sind, dann muss es dieser Typ, dieser Krimiautor, gewesen sein …

Es sei denn, es waren der Architekt Vincenzo Letizia und seine Frau Gemahlin …

Es sei denn, es war irgendein anderer, der noch gar nicht in Erscheinung getreten ist …

Es sei denn …

Im Fall von Vincenzo Letizia und seiner Frau Gemahlin gäbe es sogar ein Motiv – endlich könnten sie über das Ex-Bordell verfügen und eine Unmenge Geld herausschlagen angesichts der Tatsache, dass dieses Gebäude im historischen Zentrum so etwas wie eine Goldgrube ist. Zumindest wenn man den Fachleuten Glauben schenkt …

Im Fall des Verfassers von Kriminalromanen ist das Problem vertrackter; aber es gibt eine Nutte, die gesehen hat, wie er aus dem Haus herausgekommen ist … Man müsste nachprüfen, ob die fünfhundertachtzigtausend Lire auf seinem Bankkonto gelandet sind. Vorausgesetzt, er hat überhaupt ein Bankkonto.

Kommissar Sarti Antonio beschließt, Vincenzo Letizia in seinem Büro aufzusuchen.

Er klingelt dort, wo ein Schild verkündet: »Vincenzo Letizia, Architekt-Maler-Bildhauer«.

»Wer ist da?«

»Sarti Antonio.«

Letizia öffnet ihm: Eine Mansarde (ebenfalls im historischen Zentrum), die nichts mehr von einer Mansarde an sich hat. Es handelt sich vielmehr um einen Palast: überall dicke Teppiche, dass man Lust bekommt, sich die Schuhe auszuziehen; die Dachbalken rot und grün angestrichen; ein so raffiniertes Licht, dass man nicht begreift, woher es kommt; eine so angenehme Temperatur, dass man die Kleider ablegen könnte, ohne Gefahr zu laufen, sich eine Erkältung zuzuziehen … Außerdem überall Gemälde und

Skulpturen. Die Verwirrung wächst, wenn man in jeder Nische eine Madonnenstatue erblickt!

Der Architekt empfängt Sarti lächelnd und herzlich. Er sagt: »Was verschlägt Sie in unsere Gegend, Herr Kommissar?«

»Ich möchte mir eine Villa bauen lassen.«

»Zu Ihren Diensten.«

Und er lacht los wie ein Irrer. Er lacht so, dass ihm die Tränen kommen. Dass ein kleiner Polizist daherkommt und sich eine Villa entwerfen lassen will, amüsiert ihn offensichtlich königlich.

Während der Archimalbildhauer sich die Tränen unter den Augen abwischt, lässt Kommissar Sarti Antonio noch einmal seinen Blick über die Bilder und die Skulpturen schweifen.

»Was sagen Sie dazu?«

Sarti Antonio sagt nichts dazu und zuckt mit den Achseln: Das Dachgeschoss ist ein Labyrinth; er weiß schon nicht mehr, wo die Eingangstür ist. »Ich möchte, dass Sie aufrichtig sind.«

»Das bin ich vor allem gegenüber der Polizei.«

Und erneutes irres Gelächter.

»Wussten Sie, dass die verstorbene Signora Imelde Scampini eine Beziehung mit einem jungen Mann unterhalten hat?«

Der Architekt hört sofort zu lachen auf: »Das ist nicht möglich! Sie war achtzig!«

»Das will nichts heißen. Sie haben nichts davon gewusst?«

»Nein! Es kommt mir unwahrscheinlich vor...«

»Und die Tochter?«

»Sagen Sie ihr nichts: Sie würde sie umbringen!«

»Das verstehe ich nicht. Wer würde sie umbringen?«

»Ich meine, eine solche Nachricht würde meiner Angela sehr schlecht bekommen.«

Jetzt spricht er leise, als wollte er nicht, dass man ihn hört.

»Ich habe nicht behauptet, dass sie mit Sicherheit einen Liebhaber hatte ...«

»Sondern?«

»Ich versuche herauszufinden, wo die fünfhundertachtzigtausend Lire gelandet sind, die die Verstorbene von ihrem Sparbuch abgehoben hat, bevor sie ... Dass sie das Geld einem Mann gegeben hat, scheint mir die logischste Schlussfolgerung zu sein; und es gäbe auch einen Typ, der dafür wie geschaffen wäre und der sich oft mit der alten Dame getroffen hat ... Andere Lösungen sehe ich nicht, zumal mir niemand sagen kann, wo dieses Geld geblieben ist. Fünfhundertachtzigtausend Lire braucht man nicht einfach mal so zum Einkaufengehen ... Oder doch?«

Eine vage Idee, wo diese fünfhundertachtzigtausend Lire gelandet sein könnten, hätte Kommissar Sarti Antonio schon. Er erkundigt sich: »Seit wann haben Sie dieses Atelier?«

»Ich bin erst seit ein paar Monaten mit der Einrichtung fertig.«

»Sind Sie auch mit der Abzahlung fertig?«

Es ist das zweite Mal, dass Kommissar Sarti Antonio Vincenzo Letizia gegenüber Dinge sagt, die er nicht sagen dürfte.

Deshalb antwortet ihm der Architekt-Bildhauer auch patzig: »Das ist meine Sache, das geht Sie nichts an!«

»Wer weiß ...«

Der Gedanke ist ihm gekommen, als er diese Art von Palast gesehen hat, und jetzt lohnt es sich, der Sache auf den Grund zu gehen. Er fragt: »Haben Sie viel zu tun, Herr Architekt?«

Der andere macht eine Bewegung mit der Hand. Vage.

»Und diese Sachen da?« Er zeigt auf die Bilder an den Wänden und die Skulpturen, die auf dem Boden verstreut sind, und fährt fort: »Diese Sachen da, bringen die etwas ein?«

»Fragen Sie herum. Ziehen Sie Erkundigungen ein: Das ist doch Ihr Metier, oder etwa nicht?«

»Das werde ich tun, das werde ich bestimmt tun. Sie hätten mir nur ein wenig Mühe ersparen können.«

»Nicht einmal, wenn Sie mich dafür bezahlen!«

Der Herr Architekt ist jetzt wirklich grob geworden.

Dieser Besuch war aufschlussreich: Kommissar Sarti Antonio verabschiedet sich und geht zum Ausgang. Nur dass er in diesem Labyrinth den falschen Weg wählt und eine Tür öffnet, die er nicht hätte öffnen dürfen. An nackte Frauen hat er sich inzwischen gewöhnt: Man sieht sie fast überall. Aber die, die er jenseits der falschen Tür antrifft, macht einen gewissen Eindruck auf ihn. Sie ist pummelig, nicht sehr groß, hat kolossale Brüste, sitzt auf einem Sessel und liest Zeitung.

Sie lässt sich nicht stören: Sie hebt den Blick vom Blatt, lächelt und sagt: »Buongiorno.« Einfach so.

Kommissar Sarti Antonio bleibt nichts anderes übrig, als sich zu entschuldigen: »Bitte vielmals um Verzeihung!«

Und er macht die Tür wieder zu.

Letizia Vincenzo ist weiß wie ein Blatt Papier. Er stammelt: »Sie … Sie … Das wird ein Nachspiel haben! Dieser Geschichte werde ich auf den Grund gehen! Sie … Sie … können nicht einfach in meine Wohnung kommen und tun, was Ihnen beliebt! Sie … Sie …«

»Ich habe geklingelt, und Sie selbst haben mich hereingelassen. Das ist alles. Jetzt bitte ich Sie um Entschuldigung, und Sie müssen mich entschuldigen.«

»Ich entschuldige gar nichts: Sie haben das mit Absicht gemacht! Ihre Vorgesetzten …«

Kommissar Sarti Antonio schneidet ihm das Wort ab: »Und weiß Ihre Frau, die gnädige Frau Angela Scampini, verheiratete Letizia, über diese Skulptur Bescheid, die da drinnen sitzt und Zeitung liest?«

Wenn der Herr Architekt zuvor weiß wie ein Blatt Briefpapier war, ist er jetzt gelbbraun wie Packpapier.

»Begleiten Sie mich zum Ausgang, bevor ich versehentlich noch eine andere Tür öffne und vielleicht einen Herrn antreffe, der nackt auf dem Bidet sitzt und seine Pfeife raucht. Danke sehr!«

Letizia begleitet ihn, ohne den Mund aufzumachen, zum Ausgang. Die frische Luft auf der Straße hilft Sarti Antonio, tief durchzuatmen. Offenbar hat er den Finger auf eine Wunde gelegt, und im Bauamt der Gemeinde Bologna wird ihm das bestätigt.

Ein Angestellter im weißen Hemd, der wie ein diensthabender Arzt in einem Krankenhaus aussieht, teilt ihm mit: »Nein, Signore. Der Architekt Vincenzo Letizia hat keinen Bauantrag gestellt. Nein, Signore, ohne ordnungsgemäße Genehmigung darf nicht gebaut werden. Ja, Signore: Jede Akte für Bau-, Restaurierungs-, Instandhaltungs- und Einrichtungsmaßnahmen et cetera muss von den zuständigen

Sachbearbeitern geprüft und von der Baukommission begutachtet werden. Ja, Signore, der Herr Architekt Vincenzo Letizia ist ordnungsgemäß im Berufsregister eingetragen. Buongiorno, Signore.«

Sarti blättert den ganzen Bolaffi durch, um nachzusehen, wo die Bilder des Malers Vincenzo Letizia erwähnt werden; aber er findet nicht einmal seinen Namen.

Wie zum Teufel schafft es der gute Mann, derart viel Geld in die Einrichtung eines Dachateliers zu stecken? Wie schafft er es, sich auch nur über Wasser zu halten – diese Frage entpuppt sich als ernsthaftes Problem. Aber mit etwas Geduld wird man es schon lösen.

Sarti eilt (es ist ein wichtiger Tag, und er muss sich sputen), um Signora Angela Scampini, verheiratete Letizia, aufzusuchen. Er trifft sie in Tränen aufgelöst an, wie gewöhnlich.

»Sie müssen sich damit abfinden, Signora. Da ist nichts zu machen …«

»Das weiß ich! Aber es erscheint alles so … Also, so absurd!«

Der Kommissar kommt gleich zur Sache: »Erinnern Sie sich, ob Ihr Mann an dem Abend, an dem die Tat geschah, bei Ihnen zu Hause war?«

Die Dame zieht die Nase hoch, bevor sie antwortet.

Dann sagt sie, ohne nachzudenken: »Nein, er war nicht bei mir zu Hause: Deswegen habe ich ja gewartet, bis ich nach der Mamma gesucht habe. Ich habe gewartet, dass mein Mann zurückkommt, weil, also, weil die Mamma ihm vielleicht gesagt hatte, dass sie ausgehen würde …«

»Und wann ist Ihr Mann nach Hause gekommen?«

»Also, ich glaube, es war zwei Uhr …«

»Und sie hatte ihm nichts gesagt? Die Mamma ... Ich meine: Hatte sie dem Herrn Architekten gesagt, dass sie ausgehen würde?«

»Nein! Und von dem Moment an habe ich angefangen, mir ernsthaft Sorgen zu machen ...«

»Und Ihr Mann, wo war er bis zwei Uhr in der Nacht?«

»Also, ich glaube ... Ich weiß es nicht!«

Jetzt fällt ihr etwas ein. Als hätte sich vor ihren Augen ein Vorhang geöffnet. »Warum wollen Sie diese Dinge über meinen Mann wissen?«

Sarti Antonio, Kommissar, gibt ihr keine Antwort, und die Dame fängt wieder zu weinen an. Lauter, diesmal.

»Sie wollen doch nicht sagen ... Sie werden doch nicht glauben, dass Vincenzo ... Sie denken doch nicht etwa ...«

»Nein, nein. Seien Sie unbesorgt: Ich versuche nur, mir einen Reim auf die Fakten zu machen. Ich hätte Sie über sich selbst befragen können, über Ihren Bruder, über irgendeinen Verwandten ... Ist der Herr Architekt mit der Signora zurechtgekommen? Hat er nie ...? Haben die beiden nie miteinander gestritten? Was weiß ich, über finanzielle Fragen ...«

»Mein Mann arbeitet viel: Er kommt am Abend immer erst sehr spät nach Hause ... Also, das ist alles! Er arbeitet in seinem Atelier ... Er hat die Einrichtung fertig machen müssen und ist bis spät dort geblieben ... Also ...«

»Und das Geld für das Atelier, haben Sie ihm das gegeben?«

»Ich habe kein Geld! Die Mamma hatte es, und das Atelier muss noch bezahlt werden ...«

Ein weiterer geöffneter Vorhang und ein weiteres herzzerreißendes Weinen.

Sarti lässt die weinende Signora an der Tür zurück und läuft (immer noch in Eile) zu Vincenzo Letizias Atelier. Es ist ein Tag mit vollem Programm, und Kommissar Sarti Antonio hat den Eindruck, der Lösung nahe zu sein. Mir geht es auch so, obwohl ich damit nichts zu tun habe.

Er läutet.

»Wer ist da?«

»Sarti Antonio.«

Der Architekt macht ihm auf, will ihn aber nicht hereinlassen. Er sagt: »Wenn Sie hereinkommen wollen, müssen Sie mir den Durchsuchungsbefehl zeigen ...«

»Ich will gar nicht hereinkommen. Ich will nur wissen, wo Sie am Abend des Verbrechens gewesen sind.«

»Das weiß ich nicht. Ich erinnere mich nicht ...«

»Es ist ja keine Ewigkeit her: Sie müssen sich erinnern!«

»Ich war hier! Ich war hier, um zu arbeiten!«

»Um wie viel Uhr sind Sie nach Hause gegangen?«

»Ich erinnere mich nicht. Es war zwei Uhr in der Nacht, glaube ich ...«

»Bravo! Das glauben Sie! Natürlich kann niemand bezeugen, dass Sie hier waren, um zu arbeiten ...«

Dieses Mal lächelt Vincenzo Letizia: Er ist sich seiner Sache sicher.

Er sagt: »Jemand war hier, Herr Kommissar.«

»Und wer?«

»Das werde ich Ihnen zu gegebener Zeit sagen.«

Hinter dem Architekten erscheint die Zeitungsfrau. Angekleidet. Auch so sind ihre Titten kolossal, ungeheuerlich. Sie sagt wieder: »Buongiorno« und begrüßt den Kommissar mit einer Handbewegung.

»Ich kann mir vorstellen, mit wem Sie gearbeitet haben …«

Sarti kehrt auf die Straße zurück: Der einzige Schönheitsfehler an diesem erfolgreichen Tag ist die Frau mit dem enormen Busen. Ihre Zeugenaussage zum Abend der Hammerschläge auf die Alte. Aber das wird sich richten lassen.

»Das wird sich richten lassen. Was meinst du?«

Ich sage nichts dazu: Ich habe genug von diesem ganzen Vor- und Zurückgelaufe und lasse ihn das wissen.

Er antwortet: »Ich spendiere dir einen Espresso. Bei mir zu Hause.«

Das ist mir lieber, weil ich ihn dann in einem Sessel sitzend und – vielleicht – mit geschlossenen Augen trinken kann.

Sarti Antonio trällert vor sich hin, leise, in der Küche, während er den Espresso zubereitet, und ich rieche das Aroma, das bis hierher strömt.

Ich wundere mich sehr, dass Sarti Antonio vor sich hin trällert, wenn auch nur leise. Offensichtlich ist er zufrieden.

»Und die Kolitis?«

»Nichts: Seit drei Tagen hat sie sich nicht mehr gemeldet. Es geht mir wirklich gut. Trinkst du was?«

Ich trinke, während Sarti Antonio, Kommissar, die Tür öffnen geht. Herein kommt Antonietta Carioli: glücklicher Ausklang eines glücklichen Tages.

Sie sagt: »Begleite mich: Ich will ihn sehen!«

»Was fällt dir ein?«

»Ich muss wissen, wie es ihm geht: Du hast gesagt, dass er Fieber hat … Bitte, bitte!«

»Es ist spät …«

»Bitte, bitte!«

Ihre Augen glänzen, und gleich wird sie in Tränen ausbrechen.

Wie ich schon einmal erwähnt habe, hat sich Kommissar Sarti Antonio an weinende Frauen gewöhnt, aber Antonietta Carioli ist nicht irgendeine Frau. Er betrachtet sie eine Zeit lang und murmelt dann: »In Ordnung.«

Er hat einen Schlüssel, irgendwo, der ihm schon einmal dazu gedient hat, sich Zugang zum *Sanleonardo* zu verschaffen. Sie treten dort ein, und niemand sieht sie: Es ist Nacht. Sarti schaltet das Licht im Saal an: Da drinnen ist er bereits so gut wie zu Hause. Er blickt Antonietta ins Gesicht und sieht, dass sie erleichtert ist; sie hat etwas Farbe auf den Wangen. Es ärgert ihn, dass sie so an diesem langhaarigen Typ hängt; aber er kann nicht verlangen, dass sie nicht an ihm hängt.

»Setz dich.«

Er klettert auf die Bühne und klopft mit dem Absatz gegen die Bretter: »Kommt raus!«

Stille.

»Kommt raus! Es gibt keine Scherereien. Ich muss nur ein wenig mit euch plaudern …«

Immer noch Stille. Da hebt Sarti Antonio die Falltür hoch: unten nächtliche Stille, Friedhofsruhe. Er sucht mit der Taschenlampe und kann sich ein Fluchen nicht verkneifen. »Verdammt, sie sind nicht mehr da!«

Er steigt hinunter: Sein Mantel, zusammengerollt und voller Schimmel, liegt in einer Ecke des Raums. Sie sind abgehauen, und das geschieht ihm recht!

»Diese Hurensöhne!«

Antonietta Carioli weint, wortlos; Kopf und Hände auf die vordere Stuhlreihe gestützt.

Er hilft ihr aufzustehen: Die Tränen rollen ihr über die Wangen bis zu den Mundwinkeln.

Sarti Antonio, Kommissar, hält das nicht aus: Er drückt sie an sich und berührt ihre Lippen mit den seinen. Sie schmecken salzig vor lauter Tränen. »Wir werden sie finden. Beruhige dich: Wir werden sie schon finden …«

Aber er weiß nicht, wie, und er weiß auch nicht, was er sagen soll.

»Ich glaube, es geht ihm sehr schlecht …«

»Beruhige dich.«

Und er küsst sie, fester diesmal. Er kommt sich wie ein Schwein vor, denn in dieser Verfassung hat er mit ihr leichtes Spiel. Aber der tränennasse Mund …

»Komm!«

Das Mädchen folgt ihm, gehorsam, still, zitternd. Der Kommissar zieht den Mantel aus und legt ihn ihr um die Schultern. Er löscht das Saallicht und schiebt Antonietta gegen die Wand. Dort, stehend, in der Stille des Theaters, fühlt er sie so lebendig wie nie zuvor.

Sie ist es, die sich aus Verzweiflung an ihn presst.

Sarti Antonio versteht sie nicht! Aber es ist egal: Er kann sie berühren, erleben, erobern … Und sie hilft ihm dabei, klammert sich an ihn wie an das Leben selbst … Ohne ein Wort zu sagen … Nur ihr heißer Atem …

Die ganze Zeit hört Antonietta nicht auf zu weinen, und sie küsst ihn, küsst ihn – als hätte sie seit Jahren nicht mehr geküsst.

Am Ende bleiben sie, wie leergepumpt, aneinandergekuschelt, um sich etwas warm zu halten.

Dunkel, Stille, Geruch nach Theater, nach Tränen …

Jetzt ist er auf Rosas sauer

Diesem Unglücksmenschen, diesem Kurzsichtigen, diesem Drogensüchtigen würde er nur allzu gern Feuer unter dem Hintern machen! Aber Rosas rührt sich nicht von der Stelle: Er hört ihm zu, auf der Couch liegend, die Augen geschlossen, das Buch auf dem Bauch.

Angesichts der Tatsache, dass der andere nur seine Ein-Mann-Sinfonie weiterpfeift, kann Kommissar Sarti Antonio Dampf ablassen: »...und wenn es jemanden gibt, der dich so richtig reinreiten kann, verdammt noch mal, dann bin ich das! Und wenn du glaubst, du könntest so einfach davonkommen, verdammt noch mal, dann bist du auf dem Holzweg! Du und deine vier beschissenen Kumpel! Erklär mir, was du davon hast, mich so in der Patsche sitzen zu lassen! Weißt du, was? Wenn du mir nicht sofort sagst, wo sie sind, landest du im Knast, so wahr ich... So wahr ich...«

Er stockt, um Luft zu holen, und auch, weil er eine Schmerzattacke im Bauch vorbeigehen lassen muss, die sich seit dem Morgen alle drei Minuten wiederholt: wie im Kreißsaal.

»Du hast mich für dumm verkauft, na gut! Ich habe dir geglaubt, mein Pech! Du hast dich hinter meinem Rücken amüsiert, wohl bekomm's! Es ist dir gelungen, mich zu kompromittieren, ich danke dir tausendmal! Aber jetzt ist

Schluss damit! Ich werde sie finden, ich buchte sie alle vier ein, und wenn du dich auf den Kopf stellst! Weißt du, was? Du endest auch im Knast! Jawohl, mein Herr! Weil du sie versteckt hast!«

»Willst du dich nicht setzen, Kommissar? Mir dreht sich ja der Kopf. Hast du schon einen Espresso getrunken?«

Rosas wartet die Antwort nicht ab: Er geht in die Küche und bereitet ihn zu.

Und während er sich zu schaffen macht, warnt er ihn: »Du gerätst zu sehr in Rage! Und dann meldet sich deine Kolitis schmerzhaft zurück!«

Kommissar Sarti Antonio geht ihm nach. »Und warum, warum sind sie denn abgehauen, wenn sie nichts zu verbergen hatten? Ihr habt mich angeschmiert: du und sie! Hurensöhne: du und sie! Aber in gewisser Hinsicht freut es mich auch, weil sie damit bewiesen haben, dass ich recht hatte. Von Anfang an: Sie sind es gewesen, und jetzt wähnen sie sich in Sicherheit. Aber da haben sie sich getäuscht, denn sobald sie sich blicken lassen, werden sie eingesackt und eingelocht! Ihre Visagen hängen nämlich, mein Lieber, am Armaturenbrett aller Einsatzwagen, und ewig können sie sich nicht verstecken. Das schaffen die nicht!«

»Warum echauffierst du dich so? An ihrer Stelle hätte ich dasselbe gemacht.«

Er reicht ihm eine Tasse, und Kommissar Sarti Antonio kostet: »Ekelhaft!«

Das ist normal: Jeder Espresso, den er nicht selbst zubereitet hat, ist ekelhaft.

»Trink ihn, wie er ist. An ihrer Stelle hätte ich dasselbe getan. Einem Polizisten traut man nicht. Sie haben es richtig gemacht. Ich wundere mich nur, dass du nicht früher darauf gekommen bist. Das heißt, eigentlich wundere ich mich nicht: Es ist ja normal.«

»Aber warum hast du mich überhaupt zu ihnen geführt?«

»Damit du kapierst, dass du anderswo suchen musst. Dass sie nichts damit zu tun haben!«

»Quatsch! Ich habe anderswo gesucht, und weißt du, was dabei herausgekommen ist? Jetzt habe ich sechs Mörder! Vielmehr acht, wenn ich die Geliebte und die Ehefrau des Architekten Vincenzo Letizia dazurechne! Deine vier Genossen (wobei ich noch immer nicht weiß, warum deine Freunde nie mit irgendetwas zu tun haben!), eine Art Schriftsteller, ein Halbidiot, der Theaterstücke und Kriminalromane schreibt, ein hochverschuldeter Architekt-Maler-Bildhauer, seine Ehefrau und seine Geliebte mit den Elefantentitten (grauenhaft!). Und wenn ich weitersuche, kommen vielleicht noch andere zum Vorschein!«

»Umso besser! Je mehr es sind, desto größer die Wahrscheinlichkeit, dass du dich irrst...«

Rosas lässt sich wieder auf der Couch nieder und setzt die Brille ab: In dieser Wohnung herrscht eine Hundekälte, und Rosas deckt sich mit einem Plaid zu.

Dann fragt er: »Wäre es nicht angebracht, die ganze Geschichte noch einmal in Ruhe durchzugehen?«

»Dein Espresso hat einen Nachgeschmack, dass einem das Kotzen kommt.«

»Trink ein Glas Wasser.«

Sarti Antonio geht in die Küche und macht sich noch einen Espresso.

Er kehrt zurück und sagt: »Probier mal den.«

Er ist besser, eindeutig besser: Er schmeckt nach Espresso. Und unterdessen erzählt er ihm die Geschichte von Anfang an.

Ich kenne Sarti Antonio seit einiger Zeit, aber ich staune immer wieder aufs Neue über sein fotografisches Gedächtnis, seine Fähigkeit, Dinge zu speichern. Ich höre ihm gern zu und ohne zu ermüden; und vielleicht entdecke auch ich Details, die mir entgangen sind oder an die ich mich nicht mehr erinnern kann. All das nützt aber nichts, weil Kommissar Antonio Sarti nicht imstande ist, die Einzelheiten zusammenzubringen. Das wiederum ist Rosas' Stärke.

Der am Ende sagt: »Als Erstes muss kontrolliert werden: Warum hat Signora Angela Scampini, verheiratete Letizia, zuerst behauptet, sie habe das Verschwinden ihrer Mutter erst am Morgen danach bemerkt, um dann einige Zeit später, das heißt: gestern, einzuräumen, dass sie es noch am gleichen Abend bemerkt hat?«

»Verdammt!«

»Zweitens: Ist es möglich, dass die fünfhundertachtzigtausend Lire in der Tasche dieses Krimiautors gelandet sind? Ist es möglich, dass er sich von der Alten aushalten ließ? Dann weiter: Gibt es in den Unterlagen, die du im Zimmer der Toten gefunden hast, vielleicht Hinweise, die den Mord aus heutiger Sicht erklären könnten?«

Kommissar Sarti Antonio steht auf und schlägt vor: »Gehen wir hin, und sehen wir nach.«

Sie sind bereits unter den Arkaden von Santa Caterina angelangt, als der Kommissar auf dem Absatz kehrtmacht und wieder hineinstürzt.

Rosas lehnt sich an eine Säule und wartet auf ihn: Er lächelt.

Als Sarti zurückkommt, sagt er: »Warum versuchst du nicht, deine Kolitis auszukurieren?«

»Das ist deine Schuld: Du hast mich auf die Palme gebracht! Los, gehen wir.«

Sie gehen los. Zum vierten Mal begegnet Sarti der Signora Angela »Also« Scampini, verheiratete Letizia, und zum vierten Mal sieht er sie weinen.

»Wir möchten noch einmal einen Blick in das Zimmer von Signora Imelde werfen.«

Sie lässt sie eintreten und begleitet sie wortlos ins Zimmer. Es ist alles wie am ersten Tag: Sogar die Zeitungen sind noch da. Rosas blättert sie in aller Ruhe durch.

Angela »Also« Scampini seufzt: »Wann werden Sie fertig sein, Herr Kommissar? Wann sind Sie fertig?«

»Bald, hoffen wir.«

Und er denkt: Ich habe schon jetzt die Schnauze voll. Aber ein Kommissar darf sich nicht so vulgär ausdrücken, deshalb fängt er wieder an, in den alten Zeitungen zu lesen. Rosas hört damit auf und sieht sich um. Er sucht da und dort.

Er fragt Sarti: »War da nicht auch eine Vorladungskarte der Gemeinde mit einem Plan von der Altstadt?«

Der Kommissar antwortet, ohne den Blick von der Zeitung zu heben: »Doch. Das liegt alles auf dem Nachttisch.«

»Da ist aber nichts.«

Sie ist nicht da! Sie suchen, aber die Karte ist verschwunden!

Dann spricht Sarti Angela »Also« darauf an.

»Also, es lag immer alles auf dem Nachtkästchen, und niemand ist hier gewesen. Wahrscheinlich ist sie in irgendeiner Schublade gelandet.«

Sie finden die Karte nicht, und Rosas wirkt ziemlich verärgert. Kommissar Sarti Antonio begreift nicht, warum, aber er fragt ihn nicht.

»Also, ich begreife einfach nicht …«

»Wer kann sie weggenommen haben?«

»Niemand … Wen soll denn schon eine Vorladungskarte der Stadtverwaltung interessieren? Ich weiß wirklich nicht, wo sie hin ist, also …«

Im Ottoecinquanta sagt Rosas nichts, und Sarti fängt an: »Inwiefern kann diese Karte von Wichtigkeit sein?«

»Ich möchte wissen, warum sie nicht mehr da ist; das möchte ich wirklich wissen.«

Jetzt möchte das auch Kommissar Sarti Antonio wissen, und er versucht, sich das von Rosas erklären zu lassen.

»Was für Zusammenhänge gibt es?«

»Das weiß ich nicht. Das müsste man den fragen, der sie, zusammen mit dem Plan der Altstadt, hat verschwinden lassen.«

»In den Zeitungen was gefunden?«

»Du hast sie doch auch überflogen, oder? Nichts gefunden?«

Wenn Rosas beschließt, auf stur zu schalten, gibt es keine Chance, ihn davon abzubringen. Vielleicht ruft er ihn morgen an und erzählt ihm, dass er alles kapiert hat. Das wäre nicht verwunderlich. Aber jetzt ist es sinnlos zu insistieren bei diesem Idiotengesicht, das neben ihm sitzt … Rosas kapselt sich ab wie ein Igel, der sich zusammenrollt.

Bevor er aussteigt, verkündet er: »Ich muss zur Uni. Halt mich auf dem Laufenden …«

»Und du?«

»Was könnte ich einem Polizisten schon zu erzählen haben?«

Rosas geht ins Haus und kommt mit ein paar Büchern wieder heraus.

Kommissar Sarti Antonio fragt: »Soll ich dich mitnehmen?«

Der andere schüttelt den Kopf.

»Warum nicht?«

»Weil ich nicht will, dass die mich mit einem Bullen sehen!«

»Ach, leck mich doch!«

Sarti Antonio tritt so fest aufs Gas, dass der rostige Ottoecinquanta nur so knirscht.

Sofort legt er eine Vollbremsung hin und lässt auf dem Asphalt ein paar Millimeter Gummi seiner bereits völlig abgefahrenen Autoreifen zurück.

Er kurbelt das Fenster herunter und brüllt Rosas zu: »Und denk daran, dass ich wissen will, wohin die vier verschwunden sind! Zeit bis morgen! Dann buchte ich dich an ihrer Stelle ein! Alles klar?«

Rosas macht ihm ein Zeichen mit der Hand, das ich euch aber nicht beschreibe, weil es nichts zur Sache tut.

»Du Hurensohn!«

Und wieder knirscht der Ottoecinquanta. Es wäre nicht erstaunlich, wenn Fahrgestell, Motor und Räder losführen, während der Rest der Karosserie samt Sarti Antonio mitten auf der Via Santa Caterina wie angewurzelt stehen bliebe.

Während sich der Kommissar der Zentrale nähert, nimmt er zum Eigengebrauch eine kleine Zusammenfassung vor: Weil Angela »Also« Scampini über den Zeitpunkt gelogen hat, zu dem sie das Verschwinden der Alten bemerkt hat, ist es sinnlos, sie danach zu fragen: Man muss es herausfinden. Wenn die fünfhundertachtzigtausend Lire in der Tasche dieses Typs mit den Kriminalromanen gelandet sind und wenn dieser Herr sich von der Alten hat aushalten lassen, ist es sinnlos, ihn danach zu fragen: Man muss es herausfinden. Wenn in den alten Zeitungen etwas Interessantes steht, muss man es herausfinden. Wo die vier Typen abgeblieben sind: Man muss es herausfinden. Wer die Vorladungskarte der Stadt hat mitgehen lassen, muss man herausfinden. Wie das Alibi des Architekten-Bildhauers Vincenzo Letizia für die Tatnacht zu knacken ist, muss man herausfinden.

Du überlegst hin und her wie ein Wahnsinniger, und wenn du glaubst, du hättest die Lösung in der Hand, merkst du, dass du gar nichts in der Hand hast.

»Ein wirklich beschissener Beruf ist das!«

Eine Feststellung, die Kommissar Sarti Antonio in letzter Zeit ziemlich häufig trifft.

Er stellt den Ottoecinquanta im Hof des Polizeipräsidiums ab und wartet auf Hilfskommissar Cantoni Felice: Es ist Zeit, den Dienst anzutreten. Als hätte er sein freies Wochenende genossen, wäre spazieren gegangen oder hätte sich sonstwie vergnügt.

»Schreib wenigstens die Überstunden auf!«

»Großartig, welche Genugtuung!«

Hilfskommissar Cantoni Felice kommt näher und sagt: »Grüß dich, Chef. Wohl gespeist?«

Kommissar Sarti Antonio murmelt ihm ein paar Flüche entgegen, die Felice Cantonis Miene sofort verändern.

Dann setzt er sich in Wagen 28. »Wohin fahren wir?«

»Wohin du willst!«

Sie fahren los. Felice Cantoni schiebt sich eine Zigarette zwischen die Lippen.

»Ausgerechnet jetzt musst du rauchen?«

»Es ist die einzige Zigarette am Tag, die ich rauchen kann… Ich habe gerade gegessen.«

Felice Cantoni, Hilfskommissar, legt die Zigarette zurück auf das Armaturenbrett von Wagen 28. Er sagt: »Wenn du wütend bist, wirst du unausstehlich.«

»Ich bin nicht wütend! Rauchen schadet dir, du hast ein Magengeschwür!«

»Mein Problem…«

»Wirst du jetzt auch noch aufsässig?«

Hilfskommissar Cantoni Felice gibt es auf und widmet sich Wagen 28. Auf diese Weise kann Kommissar Sarti Antonio eine Zeit lang seinen Gedanken nachhängen.

Dann, plötzlich, hängt er sich ans Funkgerät: »Ist dieser Macchiavelli Loriano noch bei euch?«

»Wir sehen gleich mal nach.«

Es vergeht ein halbes Jahrhundert, bis sie antworten: »Er ist heute Früh entlassen worden.«

»Warum?«

»Wir sehen gleich mal nach.«

Ein weiteres halbes Jahrhundert später: »Es lagen keine Gründe für eine Überstellung ins Gefängnis vor.«

»Nein? Jemand versetzt einer Alten ein paar Schläge mit dem Hammer auf den Kopf, und es liegen keine Gründe für eine Überstellung ins Gefängnis vor? Wo ist er gemeldet?«

»Wir sehen gleich mal nach.«

Dieses Mal führt Sarti Antonio nicht Buch, und als sie

ihm antworten, dankt er unserem Herrgott für die empfangene Gnade.

»Bei Veronesi, Via dell'Unione 31.«

»Ruft dort an und stellt fest, ob er zu Hause ist.«

»Wir sehen gleich mal nach.«

Er vergeht die übliche Zeit.

»Er ist nicht zu Hause: Er hat eine Nachricht hinterlassen, dass er zum Theater *Sanleonardo* gegangen ist. Sonst noch etwas?«

»Ja, noch etwas! Aber da kannst du nicht weiterhelfen. Zum *Sanleonardo*!«

Alle Wege führen nach Rom und alle Straßen zu dieser verdammten Theater-Kirche.

Die Tür steht offen, weit offen. Aber drinnen sind keine Leute, und es findet auch keine Aufführung statt. Vielleicht weil es drei Uhr am Nachmittag ist. Es ist nur dieser Typ da, auf der Bühne, wo er an einem kleinen Tisch sitzt. Er schreibt. Er hebt nicht einmal den Kopf. Kommissar Sarti Antonio und Hilfskommissar Cantoni Felice setzen sich hin und betrachten ihn eine Weile. Der andere steht auf, geht hin und her, setzt sich wieder und schreibt weiter. Er steht wieder auf und füllt den Bühnenraum mit ausladenden Gesten, als wollte er eine Kulisse mit Praktikabeln und Scheinwerfern aufbauen… Dieses Spielchen setzt er noch eine Zeit lang fort, und wenn der nicht total plemplem ist, dann belehrt mich bitte eines Besseren!

»Bist du fertig?«

»Ja.«

Der junge Mann lächelt und setzt sich neben die beiden.

Er sagt: »Ich habe … Ich habe gerade … Hier arbeitet es sich besser: Man ist mitten im Ambiente drin.«

»Krimis?«

»Nein! Gibt es etwas Neues, Herr Kommissar?«

»Ja. Du bist der Liebhaber der Imelde Scampini gewesen …«

Der Typ mit den Kriminalromanen sieht die beiden an, als hätten sie ihm sonst was gesagt. Da Felice Cantoni nicht weiß, worum es geht, verzieht er sich lieber auf die Bühne. Er spaziert darauf herum und testet den Boden, als müsste er unter seinen Füßen nachgeben. Der Verdächtige lacht und bekommt dabei Grübchen in den Backen: Man würde so einen nicht für fähig halten, eine alte Dame umzubringen. Aber es sind ja ausgerechnet diese Typen, von denen man es nicht erwartet.

Er fragt: »Wer hat Ihnen das gesagt?«

»Sei unbesorgt! Wir wissen, dass sie dich ausgehalten hat und dass du mit dieser Tätigkeit keinen Pfennig verdienst …«

»Ich habe eine Frau, eine Tochter: Mich interessiert weder die Alte noch das Geldverdienen …«

Er spricht ernsthaft, als wäre er jetzt, zum ersten Mal, besorgt: »Ihr könnt meine Frau fragen …«

»Was?«

»Ob ich je andere Frauen hatte. Zudem noch eine taube und blinde Alte …«

»Wieso, erstattest du etwa deiner Frau Bericht über deine Weiber?«

»Ich habe nie welche gehabt. Zudem noch eine taube und blinde Alte … Ich … ich glaube, ihr seid nicht ganz bei Trost.«

Die Sache kommt ihm wohl so albern vor, dass er wieder zu lächeln anfängt, obwohl sich die Dinge schlecht gestalten.

Was soll man mit einem solchen Typ anfangen? Kommissar Sarti Antonio hat wirklich keine Ahnung. Er fragt: »Wovon lebst du?«

»Mit den Krimis verdiene ich etwas Geld. Dann ist da Franca ...«

»Wer ist das?«

»Meine Frau. Sie arbeitet.«

»Das soll einer verstehen.«

»Da gibt es nichts zu verstehen. Kommen Sie her.« Und er packt Sarti an einem Arm und führt ihn auf die Bühne.

»Hier kann man alles machen: Welten werden geschaffen und zerstört. Man weckt Gefühle, zeigt den Menschen, wie die Welt ist, was daran nicht in Ordnung ist, wie sie sein sollte, was man tun muss, um sie zu verändern ... Da gibt es nichts zu verstehen. Es ist eine Art und Weise, den anderen etwas mitzuteilen, und wenn man es getan hat, kann man am Ende diskutieren, sich mit den Ideen auseinandersetzen ... Das also bedeutet heute Theater, das bedeutet Politik, das bedeutet Wirtschaft, das bedeutet Kampf, das bedeutet Kultur ...«

Kommissar Sarti Antonio und Hilfskommissar Cantoni Felice stehen da und starren ihn an, auch wenn sie überhaupt nichts kapieren. Felice Cantoni kehrt ins Parkett zurück und setzt sich.

»Wenn ich hier eine Puppe hinstelle und lache, bedeutet das, dass Revolution nicht heißt, eine Maschinenpistole zu besitzen. Wenn ich hier einen nackten Mann hinsetze, sage ich, dass es sinnlos ist, ohne Kultur zu kämpfen ...

Wenn ich hier ein totes Kind hinlege, begreifen die Leute, dass man die Gefühle abstreifen und anfangen muss, den Verstand zu benutzen ...«

Kommissar Sarti Antonio wäre vielleicht nicht abgeneigt, ihm weiter zuzuhören, auch weil es ihm in gewisser Weise gelingt, ihm zu folgen. Aber er muss das Thema wechseln.

Und das tut er: »Und wo hast du die fünfhundertachtzigtausend Lire gelassen?«

Der Typ mit den Krimis ist ziemlich enttäuscht: Er hatte zur weiteren Erläuterung gerade die Arme gehoben.

Resigniert lässt er sie sinken und sagt: »Tja, da ist wirklich nichts zu machen.«

Kommissar Sarti Antonio ist die Lust vergangen, das Gespräch fortzusetzen. Man weiß nicht, was man so einem sagen soll.

»Früher oder später werde ich dich festnageln: Niemand ist so schuldlos, dass er sich in Sicherheit wiegen kann. Irgendjemand wird dich schon zusammen mit der Alten gesehen haben, und den werde ich ausfindig machen!«

»Möglicherweise bin nicht einmal ich so schuldlos, dass ich mich in Sicherheit wiegen kann, aber im Moment fällt mir nichts ein, weswegen ich mich schämen müsste.«

Und er setzt sich wieder an das Tischchen.

Nach einer Weile hebt er den Kopf: »Hören Sie, die Signora Imelde hatte einen weißen Umschlag in der Hand. Einen sehr dicken. Kann sein, dass darin das Geld war, das Sie suchen.«

»Und die Handtasche, wo hatte sie die?«

»Auf dem Tischchen, direkt vor sich.«

»Ich weiß nicht, ob du schlau bist oder so dumm, dass du

dich für schlau hältst. Wenn du versuchst, mich für dumm zu verkaufen, könnte dir das vielleicht sogar gelingen. Aber nur für kurze Zeit!«

Er ist schon im Begriff wegzugehen, als der Typ mit den Krimis hinzufügt: »Auf dem Umschlag stand etwas geschrieben. Ich weiß nicht: vielleicht ein Name oder eine Anschrift.«

Der Kommissar verabschiedet sich nicht von ihm und lässt ihn auf der Bühne zurück, wo er seine nackten und bekleideten Puppen weiter erfinden kann.

Sarti weiß nicht mehr, was er von ihm halten soll, aber klar ist, dass er kein Dummkopf ist. Man muss jemanden finden, der ihn mit der Alten zusammen gesehen hat und bezeugen kann, dass sie sich oft getroffen haben.

Und Sarti Antonio findet ihn in der Via dell'Unione 31 bei Veronesi. Die Familie, bei der dieser Typ mit den Krimis übernachtet, wenn er nicht nach Hause geht.

»Er hat oft mit Signora Imelde telefoniert. Wissen Sie, Signora Imelde war meine Vermieterin. Jetzt ist es die Tochter: Angela Scampini. Natürlich haben sie sich getroffen. In jüngster Zeit fast jeden Tag. Am Nachmittag, wenn die Signora kam, um ihr … ihr leerstehendes Haus zu lüften, dann hat er gesagt: ›Ich gehe zu Signora Imelde. Wer weiß, vielleicht hat sie beschlossen, mir ein Zimmer zu vermieten.‹ Dann ist er zu ihr rübergegangen. Wissen Sie, er kam später zurück und hat gesagt, Signora Imelde habe sich noch nicht entschieden. Was die da drinnen gemacht haben, weiß ich nicht. Gewiss, Platz und Möglichkeiten hat es gegeben … Und wenn man bedenkt, dass er ein so braver Junge zu sein scheint!«

Und damit gibt es zwei Zeugen: die dicke Bordsteinschwalbe und den Mieter-Vermieter. Für den Typ mit den Krimis sieht es allmählich düster aus.

Aber es gibt noch einige Punkte, die überprüft werden müssen – diejenigen, von denen Rosas gesprochen hat. Und Kommissar Sarti Antonio ist nicht der Mann, der die Dinge halbfertig liegen lässt.

Am Ende wird, wenn alle anderen Möglichkeiten ausgeschlossen sind, nur noch eine übrig bleiben.

Und dann wird auch sein Gewissen als Polizist beruhigt sein.

Intermezzo:
Das muss mal gesagt werden

Ich weiß nicht, ob ihr schon mal darauf geachtet habt, aber in unserem Land lächelt man sich an, geht aufeinander zu, gibt sich die Hand, umarmt sich, lächelt wieder, wäscht die Wäsche, läuft (Hand in Hand) über den Sand, umarmt sich und gibt sich noch einmal die Hand.

Die Kinder dagegen futtern den ganzen Tag Gummibärchen.

Und alle (alle!) tragen ein makelloses Abendkleid, dunkel oder hell, je nach Alter.

Und alle (alle!) spielen Tennis oder Golf oder fahren Ski.

Und alle (alle!) sind Rechtsanwälte, Ingenieure, Designer, Doktor in irgendetwas oder zumindest Studenten.

Wir haben uns inzwischen daran gewöhnt, uns so zu sehen, jeden Abend in *Carosello*, dass uns gar nicht mehr in den Sinn kommt, die Dinge könnten ein bisschen anders liegen: Niemals kehrt ein verdreckter Maurer nach Hause zurück, voller Kalkstaub, mit einer beginnenden Silikose, von acht Stunden in der Sonne abgestumpft, der sich an den Tisch setzt, ohne sich auch nur die Hände zu waschen, und der zu fluchen anfängt, weil er die Nase voll hat von dem Schimmelkäse, den seine Frau (die stundenweise als Haushaltshilfe beim Notar Soundso arbeitet) ihm jeden Abend vorsetzt. Und man sieht auch keinen Metallarbeiter von der Sabiem, der in die Luft geht, weil er nach der Schicht am Fließband feststellt, dass der hintere Reifen (Pirelli, Michelin oder Ceat) an seinem Motorroller platt ist. Niemals!

Oder dass eine Hemdennäherin der ehrenwerten Firma Pancaldi & Co. nach vierzehntägigem Streik beschließt, sich Hände und Gesicht fortan mit Kernseife zu waschen, was der Haut allerdings nicht besonders gut tut. Niemals!

Oder dass eine Gruppe von Landarbeitern aus der Gegend von Modena sich am Sonntagvormittag, nach der heiligen Messe, dem »Ruzzola«-Spiel widmet. Niemals!

Im Übrigen gibt es sogar eine neue Redensart, die da lautet: »Es ist richtig, dass die schönen Dinge nur wenigen gehören.«

Wir leben in einem glücklichen Land, und was da in *Carosello* gezeigt wird, muss wahr sein, denn es erhebt ja niemand dagegen Einwände.

Kommissar Sarti Antonio sitzt in seinem Sessel und genießt diese schöne Welt, als die Sendung unterbrochen wird und ein Sprecher erscheint, der die Nachricht verkündet, dass »während einer Demonstration gegen die Neofaschisten eine Bombe mit hoher Sprengkraft explodiert ist und den Tod von sechs Personen verursacht hat; weitere hundert wurden verletzt. Das Attentat ereignete sich in Brescia, auf der Piazza della Loggia, während einer Kundgebung, zu der die Gewerkschaften aufgerufen hatten …«

Der Typ verschwindet so, wie er gekommen ist, und womöglich warten die Leute jetzt auf den Namen der Firma, die die Ansage gesponsert hat.

Kommissar Antonio Sarti hat noch nicht begriffen, ob

das eine neue Art Reklame ist, als sein Telefon klingelt: »Allgemeine Mobilmachung! Sofort zur Zentrale und sich zur Verfügung halten!«

Es ist also doch keine neue Art, Reklame zu machen!

Man drückt ihm eine Tränengaspistole in die Hand, setzt ihm einen Helm mit Plastikvisier auf, hängt ihm einen Rucksack mit Tränengaspatronen um und schiebt ihn in den Bus.

Keiner sagt etwas: angespannte Blicke, nervöse Gesichter hinter den Visieren, verkrampfte Hände an den Waffen, alle Muskeln gespannt, um jederzeit vom Fahrzeug abzuspringen und sich auf wer weiß wen oder gegen wer weiß was zu stürzen.

»Bewahrt die Ruhe! Haltet euch bereit, aber bewahrt die Ruhe! Wartet die Befehle ab! Handelt nicht unbedacht! Bleibt ruhig!«

Drinnen, im Kleinbus eingesperrt, hat man weder ein Gefühl dafür, wohin man fährt, noch dafür, was draußen auf der Straße vorgeht: Gedämpft dringen die Rufe der Demonstranten herein … Man wirft sich fragende Blicke zu, wie viele es sein werden, was sie vorhaben, was wir machen müssen!

Und die Rufe kommen näher: Es sind Leute, die es satt haben, alles hinzunehmen, die es satt haben, sich verprügeln zu lassen, die es satt haben zu sterben.

Jemand öffnet die Tür: »Raus! Alle Mann raus! Riegelt die Straße ab und lasst sie nicht durch! Bewahrt die Ruhe und wartet die Befehle ab! Handelt nur auf Befehl!«

Kommissar Sarti Antonio bemerkt erst jetzt, dass sie in der Via Santo Stefano sind, auf Höhe des Parteibüros des MSI, der Neofaschisten. Und er bemerkt erst jetzt, dass die, die hier sind, direkt vor ihnen, es ernst meinen. Und eins ist klar: Wenn es denen gelingt durchzukommen, geht der Sitz des MSI in Flammen auf, und mit ihm das ganze historische Zentrum, alles alte Häuser mit Holzbalken. Die brennen wie Zunder und entzünden sich, wenn man sie nur anschaut.

Über alles, was dann abläuft, kann Kommissar Sarti Antonio keine Aussage machen; auch ich bin dazu nicht in der Lage. Der beißende Rauch steigt mir in die Augen und bringt mich zum Heulen; er gerät auch in die Lungen und bringt mich zum Husten.

Es bleibt nichts anderes übrig, als möglichst weit wegzugehen; an den Tatsachen ändert das nichts.

Am Tag danach berichten die Zeitungen kein Wort darüber: Sie haben anderes zu vermelden.

»Sechs Tote und achtzig Verletzte … Ein Blutbad wie das auf der Piazza Fontana. Es sind die Faschisten gewesen, mit einer Ein-Kilo-Bombe, ›die übliche Ein-Kilo-Bombe‹ so der Munitionsexperte Major Romano Schiavi, wie bei anderen Terroranschlägen in der Gegend von Brescia … ›Das übliche Kilo‹, diesmal in einem Abfallkorb im Zentrum der Stadt deponiert, im hinterhältigsten Augenblick, inmitten einer großen Menschenmenge … Derselbe Geruch, der die Leiche des jungen Ferrari umwehte, jenes Faschisten, der, mit TNT bepackt, auf seinem Motorrad gegen eine Mauer gekracht ist … Zurück bleiben ein Haufen Leichen, in Stücke gerissen, Fleischfetzen und Knochensplitter, in einem Umkreis von fünfzig Metern verstreut, abgetrennte Glieder, eine Lache aus warmem, zähflüssigem Blut …«

Wie kann man da glauben, dass alles wieder so wird wie zuvor?

Tatsächlich ist eine Zeit lang nichts mehr wie zuvor: In den Bars diskutiert man über das Attentat, über die Neofaschisten. Einige sind sogar empört. Für eine Weile … Aber dann schaut man wieder auf die lächelnden Modepuppen in *Carosello* und redet über die Fußballweltmeisterschaft in München.

Kommissar Sarti Antonio nimmt man die Tränengaspistole aus der Hand, zieht ihm den Helm mit dem Plastikvisier vom Kopf, nimmt ihm den Rucksack mit Tränengaspatronen ab und verdonnert ihn wieder zur Streife in Wagen 28, damit er sich mit dem Mord an der achtzigjährigen Signora Imelde Scampini befasst, als wäre nichts geschehen. Und Kommissar Sarti Antonio bleibt nichts anderes übrig, als sich die Augen zu trocknen, die noch vom Reizgas tränen, und an dem Punkt weiterzumachen, an dem er ein paar Tage zuvor aufgehört hatte. Um sein Polizistengewissen zu beruhigen.

Ein Tag im Palazzo Comunale

Wenn ihr noch nicht dort wart, könnt ihr es euch nicht vorstellen. Wie die Dinge in diesen Ämtern ablaufen, meine ich. Ich werde es euch erklären, und glaubt mir, wenn ihr könnt, dass das Ganze unbezweifelbar ist.

Als Kommissar Sarti Antonio das Gebäude betritt, wird er sofort von ein paar Amtsdienern angehalten: »Wohin will der Herr?«

»Ich weiß es nicht: Ich suche jemanden, der mir Auskunft geben kann …«

Einer der Amtsdiener (groß, schlank, graue Haare, Uniform eines Leutnants) deutet schwungvoll auf ein an der Wand hängendes Plakat. Darauf steht: »Die Sachbearbeiter im Bauamt der Kommune empfangen nur dienstags und freitags von 11 bis 13 Uhr.«

Darunter hängt ein anderes Plakat. Darauf steht: »Die Angestellten dieser Gemeinde stehen im Dienste der Bürger: Wenn Sie nicht zufrieden sind oder keine klaren Auskünfte erhalten haben, melden Sie das den Dienststellenleitern. Dafür sind wir Ihnen dankbar. Der Bürgermeister.«

Mit ebenso schwungvoller Geste zeigt Sarti Antonio, Kommissar, auf letzteres Plakat und fragt: »Kann ich dem Herrn Dienststellenleiter melden, dass ich nicht zufrieden bin und keine klare Auskunft erhalten habe?«

Die Leutnantsuniform überreicht ihm ein Stück Papier und sagt: »Füllen Sie dieses Formular aus.«

Der Unterzeichnete (Pünktchen, Pünktchen) bittet, von Doktor (Pünktchen, Pünktchen) aus den folgenden Gründen (Pünktchen, Pünktchen) empfangen zu werden. Hierselbst (Pünktchen, Pünktchen).

An die Stelle der Pünktchen, Pünktchen schreibt Sarti Antonio: »Sarti Antonio«. Dann: »... bittet, von Doktor Soundso empfangen zu werden«, und bei den Gründen gibt er an: »Neuigkeiten betreffs des Todes der Alten«. Er setzt seine Unterschrift darunter und gibt das Kärtchen dem Leutnant der Amtsdiener zurück, der es aufmerksam durchliest und eine Zeit lang studiert.

Dann blickt er Sarti Antonio mit einem mitleidigen Lächeln an. Er sagt: »Signor Sarti, Sie haben sich im Büro geirrt: Hier gibt es keinen Doktor Soundso. Versuchen Sie es im Personalbüro.«

Damit ist klar, dass man hierbleiben und einen ganzen Tag lang über den Doktor Soundso streiten und den Amtsdienerleutnant doch nicht überzeugen könnte.

Deshalb sieht sich Kommissar Sarti Antonio gezwungen, gegen seinen Willen den Türöffner (seinen Dienstausweis) herzuzeigen. Der andere sinkt um ein Haar so tief in die Knie, wie er es vor der Madonna von San Luca zu tun pflegt. Er sagt: »Einen Augenblick, bitte.«

Und er verschwindet hinter einer massiven Tür aus Holz und Messing. Als er zurückkommt, ist er rot im Gesicht und hat glänzende Augen: Man hat ihm wohl erklärt, was Soundso bedeutet.

Er sagt: »Bitte, nehmen Sie Platz. Der Herr Doktor wird Sie gleich empfangen.«

Aber Sarti Antonio muss noch eine gute halbe Stunde warten.

Ich wette, sie versuchen unterdessen, irgendein »privates Interesse an offiziellen Akten« oder irgendeine »Konkussion« (einen Fall von erpresserischem Amtsmissbrauch) verschwinden zu lassen.

Schließlich lassen sie ihn herein und vor das Angesicht des Doktors treten.

»In welcher Sache kann ich Ihnen dienen, Signor … Signor …« – der Mann blickt auf das weiße Papier – »… Signor Sarti?«

»Wie ich auf dem Zettel erklärt habe, den ich dem Amtsdiener überreicht habe, führe ich Ermittlungen über den Tod einer Dame durch. Einer gewissen Imelde Scampini, achtzig Jahre alt, die ein Verbrecher mit Hammerschlägen umgebracht hat. Im Zuge einer Durchsuchung des Zimmers der Toten habe ich eine Vorladungskarte gefunden, die dieses Stadtbauamt, ein paar Tage bevor die Frau ermordet wurde, abgeschickt hatte. Ich möchte wissen, worum es dabei ging.«

Vielleicht ist es nur mein Eindruck, aber der Doktor wirkt erleichtert: Er zieht die Hände unter dem Tisch hervor, wo er sie gerungen hatte, und lächelt freundlich. »Wo hat die Dame gewohnt?«

»In der Via Irnerio 27.«

Der Doktor greift zum Telefon: »Suchen Sie eine Akte heraus auf den Namen … Auf welchen Namen?«

»Imelde Scampini.«

»… auf den Namen Imelde Scampini, Via Irnerio 27.«

Er legt auf und lächelt erneut. Offenbar würde er Sarti Antonio am liebsten einen Kuss auf die Stirn drücken.

Sie sehen sich an und lächeln einander ungefähr elf Minuten lang zu, ohne etwas zu sagen.

Dann das Telefon: »Ja?«

Der Doktor hört zu, nickt, lächelt und macht folgende Aussage: »Bedaure sehr, Signor … Signor Sarti, aber aus den Akten geht nichts hervor, weder unter diesem Namen noch unter dieser Adresse. Können Sie mir vielleicht diese Vorladungskarte zeigen?«

»Schön wär's.«

Der andere versteht nicht, fragt aber auch nicht nach.

Kommissar Sarti Antonio steht auf und will schon gehen, als ihn ein Geistesblitz durchzuckt. Er sagt: »Lassen Sie unter Via dell'Unione Nummer 1 nachsehen.«

Die gleiche Prozedur, die gleiche Warterei, dann die sibyllinische Antwort: »Aus den Akten geht hervor, dass der für das historische Zentrum zuständige Sachbearbeiter die Dame betreffs einiger Auskünfte vorgeladen hat …«

»Genau mit diesem Sachbearbeiter möchte ich sprechen.«

Diesmal drückt der Doktor auf eine Taste, sofort öffnet sich die Tür, und es erscheint der Amtsdienerleutnant: Ich wette tausend Lire, dass er sprungbereit hinter der Tür gestanden hat!

»Begleiten Sie den Herrn zum Vermessungsingenieur Polacchi.«

Aber der Herr Vermessungsingenieur Polacchi ist nicht in seinem Büro, und deshalb fordert der Amtsdienerleutnant Sarti auf, sich zu setzen, und sagt: »Es dürfte nicht lange dauern. Sie können hier in seinem Büro auf ihn warten.«

Er geht hinaus und lässt die Tür sperrangelweit auf, weil man in der heutigen Zeit ja nicht einmal mehr einem Polizisten trauen kann.

Kommissar Sarti Antonio wartet, wartet und wartet, aber hier ist niemand zu sehen. Bis er die Geduld verliert und, um nicht mit den Händen in den Hosentaschen herumzusitzen, anfängt, da und dort zu kramen, sobald der Amtsdienerleutnant es ihm ermöglicht. Aber es gibt nichts Interessantes: Akten, Akten ... Berge von Akten! Eine Akte ist ziemlich alt und harrt noch immer ihrer Bearbeitung: Ein gewisser Carducci Giosuè beantragt die Genehmigung für ein Fenster in seinem Haus in der Via Broccaindosso. Es muss sich um jenes Fenster bei dem Granatapfelbaum handeln, »dem du dein Händchen entgegenstrecktest ...«, das schließlich ohne Genehmigung eingebaut wurde: unbefugterweise!

In einem Schränkchen ein paar halbleere Flaschen mit alkoholischen Getränken für die depressiven Augenblicke zwischen der einen und der anderen Akte; ein kleines Transistorradio für die Übertragung der Fußballweltmeisterschaft in München; ein Kassettenrecorder und ein entsprechender Stapel Tonbänder für Momente der Entspannung; ein paar Pornohefte und die Zeitung von heute: nichts von Interesse.

Als Gott es will und der Herr Bürgermeister es erlaubt, taucht der Amtsträger auf, der Herr Vermessungsingenieur Polacchi Franco: ein junger Typ, ziemlich aufgeweckt, gut gekleidet, sorgfältig rasiert, parfümiert, ein um den Hals geknotetes Tüchlein und eine Umhängetasche. Geschniegelt, ohne ein ungebändigtes Härchen, kurz getrimmt, wie das heute üblich ist, und Umgangsformen wie ein echter Herr.

Wenn er spricht, erklingt eine ausgebildete Stimme, ohne das »S«, das diejenigen zum Lachen reizt, die nicht von hier sind: Er könnte der Star von Fotoromanen oder Comics sein!

»Guten Tag. Was wünschen Sie?«

Und hier lässt nun Kommissar Antonio Sarti die ganze Geschichte vom Stapel. Am Ende lässt der andere sich die Akte »Via dell'Unione Nummer 1, Scampini Imelde« holen. Er studiert sie eine Weile und zeigt sie dann Sarti. Darin befindet sich ein handbeschriebenes Blatt, auf dem steht:

Im Zusammenhang mit den Untersuchungen zur Ausarbeitung eines Planes für das historische Zentrum wird empfohlen, Signora Imelde Scampini, Eigentümerin einer Reihe von Immobilien in der Via dell'Unione, einzubestellen, um Auskünfte über die oben erwähnten Immobilien einzuholen: Baujahr, Erhaltungszustand, Vorliegen von Baugenehmigungen, gegenwärtige Verfügbarkeit, Mietverhältnisse und so weiter …

Eine Reihe von Unterschriften und am Ende: »Vorladung abgeschickt mit dem heutigen Datum«. Noch eine Reihe von Unterschriften, Stempeln und das Datum: schon ein paar Jahre zurückliegend. Es gibt auch einen kleinen Plan von der Via dell'Unione mit einigen rot markierten Gebäuden.

Kommissar Sarti Antonio fragt: »Worum handelt es sich hierbei?«

»Die in Rot befinden sich im Besitz von Signora Imelde Scampini …«

»Und ist die Signora gekommen?«

»Lesen Sie die Rückseite.«

Auf der Rückseite liest er:

Am heutigen Tag Besprechung mit der Signora. Die Ergebnisse der Besprechung sind im Folgenden aufgelistet:

1: Die Nummer 1 und die Nummer 31 der Via dell'Unione befinden sich im Besitz der Signora Imelde Scampini.

2: Die Nummer 1 ist ein ehemaliges Bordell, heute leerstehend.

3: Die Nummer 31 ist ein Wohngebäude, gegenwärtig vermietet an acht Familien zu eingefrorenen Mietpreisen.

4: Gebäude in gutem Erhaltungszustand.

5: Es gibt keine Baugenehmigungen, da die Gebäude sehr alt sind (1300–1400).

6: Im Zuge der Erbschaft in den Besitz der Oben erwähnten gelangt.

7: Aufnahme in die für das historische Zentrum vorgesehenen Enteignungspläne genehmigt.

Unterschrift und Stempel. Das war's.

Sarti verabschiedet sich und geht wieder.

Möglicherweise enthalten all diese Mitteilungen etwas Nützliches, aber man muss erst ein wenig darüber nachdenken, auf der Toilette und mit lauter Stimme. Und man muss mit Rosas konferieren.

Auch weil die Frist, die er ihm eingeräumt hat, um die vier aufzustöbern, seit etlichen Tagen abgelaufen ist.

Daran erinnert ihn ein Anruf: die leise, traurige Stimme von Antonietta. »Ich bin's. Hast du Neuigkeiten?«

»Von wo aus rufst du an?«

»Von der Uni aus. Hast du Neuigkeiten?«

Es tut ihm leid, aber er muss es sagen: »Nein, keine.«

Schweigen, dann: »Was gedenkst du zu tun?«

»Keine Ahnung: Sie haben sich verkrümelt, als wären sie's gewesen. Ich weiß nicht, wo ich anfangen soll … Sie werden überall gesucht. Früher oder später werden sie auftauchen.«

»Und dann werden sie verhaftet?«

»Deswegen werden sie ja gesucht! Warte auf mich.«

Er holt sie mit dem Ottoecinquanta ab. Sie ist traurig, sehr traurig; aber Kommissar Antonio Sarti bekümmert das nicht; er versucht sogar, ihr wehzutun, warum, weiß er auch nicht. Als würde es ihm Spaß machen: »Er ist ein verdammter Mistkerl! Wenn er nichts damit zu tun hat… Wenn sie nichts damit zu tun haben, warum verstecken sie sich dann? Mach dich doch selber schlau …«

Ihm kommt ein Zweifel. »Hat er etwas von sich hören lassen?«

Antonietta schüttelt den Kopf.

»Versuchst du etwa, mich für dumm zu verkaufen?«

»Wäre ich gekommen, um dich nach Neuigkeiten zu fragen, wenn ich welche hätte?«

Kommissar Sarti Antonio möchte gern glauben, was Antonietta ihm sagt. Und es kostet ihn keine große Mühe.

»Gehen wir zu Rosas: Er muss mir sagen, wo sie sind!«

Seit ein paar Tagen liegt der Frühling in der Luft, aber in Rosas' Bude riecht es immer nach Feuchtigkeit und Schimmel. Und es ist immer noch dieses blonde Püppchen da, das vor einiger Zeit nackt durch die Wohnung spaziert ist. Heute jedoch ist sie nicht nackt: Sie sitzt am Tisch und liest. Rosas liegt, wie üblich, auf der Couch und liest ebenfalls.

»Und? Wo sind sie?«

Das Püppchen (»Eine«) blickt auf und sagt zu ihm: »Ciao.«

»Grüß dich. Und, wo sind sie?«

Rosas legt das Buch weg. Er seufzt: »Ich weiß es nicht.«

Er bemerkt Antonietta und nickt ihr zu. Er sagt zu ihr: »Ich weiß es wirklich nicht. Tut mir leid. Aber du brauchst dir keine Sorgen zu machen: Es geht ihm gut, glaube ich. Setz dich.«

Sie setzen sich.

Kommissar Antonio Sarti vergräbt das Gesicht in den Händen: »Ich weiß nicht mehr ein noch aus.«

Rosas steht auf und legt ihm eine Hand auf die Schulter. Er sagt: »Essen wir etwas und unterhalten wir uns. Okay?«

Niemand antwortet. »Eine« geht in die Küche und ruft: »Hier gibt es nichts: Was essen wir?«

Sarti Antonio erhebt sich: »Gehen wir zu mir: Dort ist es weniger feucht, und ich habe etwas im Kühlschrank.«

Sie gehen und quetschen sich alle vier in den Ottoecinquanta. Die Stoßdämpfer ächzen, und der Motor heult auf, als hätte er Rheuma und würde gezwungen, die Gelenke zu bewegen.

Kommissar Sarti Antonio hält vor einem Geschäft, um etwas einzukaufen.

Zu Hause verkündet er: »In der Küche kenne ich mich nicht aus.«

Antonietta lächelt ihn an: »Lass das meine Sache sein.«

Und sie zieht sich zurück.

Schon seit geraumer Zeit hat er nicht mehr mit einer solchen Lust gegessen; sonst ist er ja immer allein, wie ein Hund. Dieser Abend ist anders.

Sie trinken und reden, und auch wenn es nur ein Stück Fleisch ist mit einem Ei darauf, ein bisschen Tomaten mit Essig, Öl und Salz gewürzt, schmeckt doch alles gleich ganz anders.

Sarti Antonio, Kommissar, ist ein geselliges Wesen, das notgedrungen alleine lebt.

Während sie am Tisch sitzen, erzählt er die neuesten Neuigkeiten – so, wie er zu erzählen versteht, und die anderen hören ihm zu. Am Ende ist er müde, und ihm dreht sich der Kopf. Womöglich hat er auch zu viel getrunken. Ebenso Antonietta und auch »Eine«, das blonde Püppchen. Bei Rosas ist man sich nicht sicher, denn er hält die Augen geschlossen.

Sarti ist fertig und hat nicht einmal mehr die Kraft zu fragen: »Und was hältst du davon?« Er nimmt Antonietta an der Hand und geht ins Schlafzimmer: Sie lassen sich aufs Bett fallen und »drehen« sich gemeinsam.

Von drüben hört man keinen Mucks, aber es gibt dort eine Couch.

Wenn die Dinge weder Hand noch Fuß haben

Irgendwann musste der Augenblick ja kommen, wo Hauptkommissar Raimondi Cesare ihn fragen würde: »Diese vier sind also verschwunden?«

Und jetzt ist er gekommen: »Diese vier sind also verschwunden?«

»So sieht es aus. Und man kommt nicht darauf, wo zum Teufel sie sind …«

»Alle vier?«

»Alle vier!«

»Ich glaube, du wirst allmählich alt. Ich glaube, gewissermaßen, dass diese Antonietta Carioli dich so gut einseifen kann, dass du auf Abwege gerätst.«

Offensichtlich weiß er schon Bescheid, und in der zentralen Aktenhaltung steht auf Kommissar Sarti Antonios Karteiblatt: »Hat intime Beziehungen mit …«

Und Sarti Antonio beeilt sich zu sagen: »Es gibt Neuigkeiten. Zum Beispiel: Eine Prostituierte hat, kurz bevor die vier das ehemalige Bordell betreten haben, einen Typ herauskommen sehen. Außerdem: Beim Schwiegersohn der Verstorbenen gibt es ein paar dunkle Flecken. Er steckt bis zum Hals in Schulden und weiß nicht, wovon er sie zurückzahlen soll; er hat eine Geliebte mit Riesenbrüsten, und die Frau Gemahlin weiß von nichts. Wo er am Abend des Mordes war, ist unbekannt, aber bekannt ist, dass er um zwei Uhr nachts nach Hause gekommen ist. Ferner: Angela Scampini hat einen Haufen Lügen erzählt über den Zeitpunkt, zu dem sie entdeckt hat, dass die liebe alte Dame nicht im Hause war. Und schließlich ist eine Vorladungskarte verschwunden, die ein Sachbearbeiter des Stadtbauamts an die Verstorbene geschickt hat …«

Raimondi Cesare, Hauptkommissar, unterbricht ihn. Die Geschichte scheint ihn nicht zu interessieren. »Vielleicht haben wir uns, gewissermaßen, von Anfang an missverstanden. Sarti Antonio, ich habe dich beauftragt, diese vier zu suchen, nicht mit allem von vorn anzufangen. Deine Aufgabe hat sich, gewissermaßen, darauf beschränkt! Oder bist du schon so weit, dass du nicht mehr richtig schaltest? Du müsstest mittlerweile wissen, dass effizientes Arbeiten in unserem Metier nur möglich ist, wenn die Untergebenen zum Gehorsam bereit sind und Befehle unverzüglich ausführen; Nur so kann man Verbrecher überrumpeln und ihren Manövern zuvorkommen … Kurzum, Sarti, du musst mir die vier finden! Verstanden? Und vergiss die Post und die Vorladungskarten. Wenn es einen klaren Fall gibt, einen sonnenklaren, dann ist es dieser hier!«

»Aber warum hat die Alte nicht geschrien, als die vier bei ihr eingefallen sind? Das möchte ich wissen: Ich habe mir das doch nicht aus den Fingern gesogen! Ich war ganz in der Nähe und hätte sie schreien hören …«

»Darauf könnte man, gewissermaßen, antworten, dass Sie, Sarti Antonio, auch noch schwerhörig werden …«

Wir sind beim »Sie«, folglich hat Sarti schlechte Karten. Besser, das Thema fallenzulassen.

»Zu Befehl! Wenn Sie meinen, kann ich die Ermittlungen einstellen … Sie können … Sie können ja andere damit betrauen…«

Hauptkommissar Raimondi Cesare unterbricht ihn: »Sie machen es sich zu leicht, mein lieber Kommissar! Sie haben, gewissermaßen, den Fall vom ersten Tag an verfolgt. Sie haben den richtigen Riecher gehabt und die vier identifiziert …«

Dieser »Riecher« klingt sehr sarkastisch. Ein anderer hätte gesagt: »Sie haben das Glück gehabt, die vier zu sehen, als sie und so weiter…«

»…und es ist Ihre Sache, gewissermaßen, die Angelegenheit durchzuziehen. Sie machen es sich zu leicht! ›Ich kann das nicht und gehe in Urlaub!‹ Oder wünschen Sie, dass ich der Presse mitteile, dass Sie an den Ermittlungen mitgearbeitet haben, während Sie sich in den Bergen, im Schnee, aufgehalten haben?«

Die Sache mit der Presse hat ihm schwer im Magen gelegen, und jetzt zahlt er es ihm heim!

Kommissar Sarti Antonio hat die Nase voll und versucht, möglichst schnell zu entkommen. Er sagt: »In Ordnung. Ich tue mein Bestes.«

Und er geht zur Tür.

»Ich bin noch nicht fertig. Heute Nachmittag will ich die gesamte Mannschaft in der Sporthalle haben. Sie eingeschlossen!«

Das hat gerade noch gefehlt.

»Es geht mir nicht besonders gut: immer die Kolitis, die…«

»Es ist Zeit, dass Ihre Kolitis … Vergessen Sie die Kolitis, Sarti! Vergessen Sie sie!«

»In Ordnung.«

Auf der Schwelle prallt er beinahe mit Polacchi Franco zusammen, der gerade das Büro von Hauptkommissar Raimondi Cesare betreten will.

Sarti lässt ihn vorbei – blitzsauber, wie üblich, elegant, mit dem Tüchlein am Hals unter dem weißen Hemd... Er lässt ihn vorbei und bleibt ebenfalls da. Was will der denn im Büro von Cesare Raimondi?

»Herr Doktor Raimondi?«

»Der bin ich. Was wollen Sie? Wer sind Sie?«

Für den Anfang ist das nicht übel: Er hat ihn bereits eingeordnet.

Aber der andere verzieht keine Miene. Er sagt: »Polacchi Franco, Vermessungsingenieur der Kommune. Sehr erfreut.«

Und er reicht ihm die Hand.

Cesare Raimondi drückt sie, ohne aufzustehen. Er bleibt unhöflich: Er hat offensichtlich Probleme, und die Geschichte mit Imelde Scampini kommt ihm zupass, um seinem Ärger Luft zu machen. »Ganz meinerseits. Was wollen Sie?«

Polacchi Franco, Angestellter im Bauamt der Stadt Bologna, bewahrt die Fassung: Er hat schon allerhand erlebt! Er sagt: »Ich habe diesen Herrn gesucht und wusste nicht, wo ich ihn finden könnte. Da hat man mir gesagt, dass Sie die Ermittlungen leiten und dass Sie mir sagen könnten, wo ich ihn finde.«

»Bitte sehr, hier ist er! Was wollen Sie?«

Polacchi hat eine ausgebildete Stimme, ganz so wie ein Schauspieler: »Mir ist da noch etwas eingefallen, was ich dem Herrn nicht gesagt habe, was sich aber auf die Ermittlungen bezieht, die er durchführt.«

Er spricht, als müsste er einen Bericht verfassen. Raimondi Cesare hat genug und will ihm das Wort abschneiden. Das sind Dinge, die ihn nicht interessieren. Er weiß doch die Namen der vier Mörder.

Deshalb schnaubt er, unhöflich, wie zu Beginn des Gesprächs: »Sagen Sie es ihm, aber schnell!«

Und er steckt die Nase wieder in seine Papiere.

»Na schön. Also: Mir ist eingefallen, dass vor einiger Zeit ein Architekt bei meiner Wenigkeit vorstellig wurde und Auskünfte über die betreffenden Gebäude erbeten hat...«

Der Vermessungsingenieur fährt mit seinem Bericht fort.

Nur dass Kommissar Sarti Antonio die Dinge von Grund auf verstehen will: »Welche Gebäude?«

»Diejenigen, die der verstorbenen Signora Imelde Scampini gehört haben.«

»Und der Architekt, wer war das?«

»Vincenzo Letizia. Ein junger Architekt, der ein Büro hat...«

»Den kenne ich. Da passt ja alles zusammen.«

Hauptkommissar Raimondi Cesare blickt auf. Er sagt: »Gut. Wenn Sie fertig sind – ich habe zu tun.«

Kommissar Sarti Antonio hätte Lust, ihm ins Gesicht zu schleudern, was er von ihm denkt, vom Polizeipräsidium, von der Alten und von dem ganzen Rest. Aber er kann es nicht. Auch weil die Kolitisschmerzen ihm den Atem rauben.

Er nimmt Polacchi am Arm und zieht ihn mit sich hinaus. Bis in die Bar. Er spendiert ihm einen Espresso. Er sagt: »Was hat Letizia gewollt?«

»Die üblichen Auskünfte: Was man in dieser Gegend bauen darf, wie hoch die Bebauungsdichte ist, wie man die Immobilie umnutzen kann, welche Eingriffsmöglichkeit für das Gebäude vorgesehen ist … Das ist alles. Natürlich habe ich ihm die gewünschten Auskünfte erteilt, und er ist wieder gegangen.«

»Wann war er da? War die Alte da schon tot?«

»Nein, ich glaube nicht. Ich glaube nicht … Es ist schon sehr lang her.«

»Ich danke Ihnen. Und er ist nicht zufällig vor Kurzem noch mal dagewesen mit einer Vorladungskarte und einem Plan von der Altstadt?«

»Eine Vorladungskarte? Ein Plan von der Altstadt?«

»Ja, so eine von den Karten, die Sie verschicken, um Bürger einzubestellen. Sie trug das Datum von einer Woche vor dem Verbrechen.«

Kommissar Sarti Antonio erklärt alles, und am Ende sagt der Vermessungsingenieur: »Das ist sehr merkwürdig. Sehr merkwürdig. Die Signora ist nur ein einziges Mal einbestellt worden, vor ein paar Jahren. Das ist sehr merkwürdig …«

»Ich dagegen sehe allmählich klarer …«

Sarti unterbricht sich und wartet eine Kolitisattacke ab.

Sein Gesichtsausdruck muss sich verändert haben, denn Polacchi fragt: »Geht es Ihnen nicht gut? Was haben Sie?«

»Nichts. Ein Schmerz, hier. Nichts. Ich habe gesagt, dass ich anfange, klarer zu sehen.«

»Die Vorladung ist also nicht mehr aufzufinden?«

»Verschwunden.«

»Und … die Unterschrift auf der Karte? Haben Sie die

Unterschrift gesehen? Man könnte zurückverfolgen, wer sie abgeschickt hat …«

Sarti Antonio schüttelt den Kopf: »Ich hätte genauer hinschauen sollen: Ich habe den Eindruck, dass diese Vorladungskarte der Schlüssel zu allem ist.«

»Schon möglich. Wenn Sie mich noch brauchen, wissen Sie, wo Sie mich finden. Ich stehe Ihnen zur Verfügung.«

Er reicht ihm die Hand und geht von dannen, wie aus dem Ei gepellt in seinem maßgeschneiderten Anzug und ohne ein einziges ungebärdiges Härchen: Er wirkt wie aus der Retorte.

Am nächsten Tag versucht Kommissar Sarti Antonio immer noch, etwas zu begreifen, aber das Durcheinander ist so groß, dass er aufgibt: Es ist ihm nicht einmal gelungen, als er sich zu Hause im Bad eingeschlossen hat, während er darauf wartete, dass die Wirkung seiner Begegnung mit Raimondi Cesare abklang.

Die Sonne wärmt schon, und der Kommissar lässt sich möglichst viel Zeit beim Überqueren der Piazza Maggiore, die von den Vorboten eines wohlwollend erscheinenden Frühlings liebkost wird. Auf den Stufen von San Petronio genießt ein Haufen Hungerleider, Langhaariger, Verdreckter und Zerlumpter die Sonne.

Ein anderer Haufen, etwas weniger langhaarig und etwas weniger verdreckt, hat sich auf den Stufen des Palazzo di Re Enzo niedergelassen. Offenbar erfolgt die Ortswahl nach bestimmten Kriterien. Kategorie A: Grad der Verschmutzung: 100, Sitzort: San Petronio. Kategorie B: Grad der Verschmutzung: 50, Sitzort: Palazzo di Re Enzo. Kategorie C: Grad der Verschmutzung: 10, Sitzort: da und dort.

Dabei besteht die Chance, aufgrund von Alter und Ansammlung von Schmutz in die nächsthöhere Kategorie aufzusteigen. Es ist nur eine Frage der Geduld.

»Sarti Antonio!«

Er ist in Gedanken versunken und antwortet lautstark: »Hier!«

Dann sieht er sich um und wartet auf das berüchtigte Furzgeräusch, das jedoch ausbleibt. Gegen eine Säule des Palazzo del Podestà gelehnt, ein berühmtes Werk des seligen Baumeisters Vignola, wedelt Rosas mit einer Zeitung.

Im Näherkommen sagt Sarti Antonio zu ihm: »Das hätte ich mir ja denken können. Du, zu welcher Kategorie gehörst du? Du hältst dich abseits und mischst dich nicht unter die da?«

Rosas geht darauf nicht ein. Er sagt: »Ich habe immer behauptet, die Zeitungen seien zum Lesen da. Du, liest du die Zeitung?«

»Wenn ich Zeit habe.«

»Du solltest sie jeden Tag lesen! Hör dir zum Beispiel das mal an: ›Diebstahl im Büro eines bekannten Freiberuflers. Heute Nacht sind unbekannte Diebe in das Atelier des Architekten Vincenzo Letizia eingedrungen, der für seine Bilder und Skulpturen in Künstlerkreisen sehr bekannt ist. Es wurden etliche Gemälde, natürlich die wertvollsten, entwendet, ferner einige Skulpturen. Viele von diesen Letzteren sind, da sie nicht leicht zu transportieren sind, verschont worden. Der Diebstahl hat einen Schaden von einigen Dutzend Millionen Lire verursacht, da die Bilder, nach Aussage des Künstlers, das Beste seiner Produktion der letzten Jahre darstellen …«

Rosas würde mit der Lektüre fortfahren, wenn Kommissar Sarti Antonio ihn nicht unterbrechen würde: »Das ist mir schnurzegal! Diese Diebe müssen wirklich einen schlechten Geschmack haben. Hast du die Bilder mal gesehen? Was machen die damit, wenn Letizia es noch nicht mal geschafft hat, einen leeren Rahmen zu verkaufen?«

»Genau: Was werden sie mit den Bildern anfangen? Wer untersucht den Diebstahl?«

»Niemand! Wer soll sich schon damit befassen bei all den Scherereien, die die Polizei in diesen Zeiten hat?«

»Du könntest dich darum kümmern.«

»Ich habe Wichtigeres zu tun.«

»Beispielsweise?«

Darauf hat Sarti nur gewartet, und er berichtet ihm von den jüngsten Ereignissen, bis zu dem Gespräch mit Raimondi Cesare und dem städtischen Baufachmann, diesem Polacchi Franco. Er reagiert auch seine Wut darüber ab, was Raimondi Cesare ihn alles hat schlucken lassen. Es nützt nichts, aber er tut es trotzdem, und Rosas, an die Säule des Vignola gelehnt und die Wärme der Sonne genießend, hört ihm zu.

Schließlich sagt Rosas: »Allmählich kommt Licht in die Sache. Jetzt bin ich noch sicherer, dass du dich unbedingt mit diesem Diebstahl befassen solltest.«

»Ich mach's. Wenn du mir den Grund verrätst, mach ich's.«

»Ich muss gehen. Es ist nur eine Idee! Wenn zwei plus zwei vier macht ... Wen sollen schon die Bilder und die Skulpturen dieses Schwachkopfs interessieren? Hat man je einen Dieb gesehen, der riskiert, wegen einiger Kunstwerke, die keinen Pfifferling wert sind, hinter schwedischen Gardinen zu verschwinden? Wenn die Diebe dort eingebrochen sind, dann haben sie etwas anderes gesucht: So viel steht fest! Vielleicht haben sie die Bilder mitgehen lassen, um Verwirrung zu stiften … Ich muss gehen. Es ist nur eine Idee: Denk mal darüber nach.«

Er steckt ihm die Zeitung in die Tasche und geht davon.

Während Sarti die Strecke zwischen der Piazza Maggiore und dem Polizeipräsidium (etwa dreihundert Meter) zurücklegt, denkt er darüber nach und fasst einen Entschluss.

Er wird bei Hauptkommissar Raimondi Cesare vorstellig, auch wenn er keinerlei Lust verspürt, ihn zu sehen. Er fragt: »Kann ich einen Blick in die Ermittlungsakte über den Diebstahl im Atelier von Vincenzo Letizia werfen?«

Er wartet auf ein Zeichen, ein Wort, irgendeine Geste. Nichts. Es ist, als säße in diesem Büro einzig und allein Raimondi Cesare am Schreibtisch.

»Ich glaube, dass zwischen diesem Diebstahl und dem Mord an Imelde Scampini ein Zusammenhang besteht …«

Dieses Mal lässt der Inspektor ihm nicht einmal die Zeit, seinen Satz zu beenden: »Wenn du glaubst, dass die vier, die zu suchen ich dir befohlen habe, in diesen Diebstahl verwickelt sind: Nur zu!«

Sarti findet keine bessere Antwort als: »Ja, genau das glaube ich! Danke.«

Wofür eigentlich »Danke«? Hauptkommissar Raimondi Cesare wartet, bis er an der Tür angelangt ist: Es ist zur Gewohnheit geworden, und Kommissar Sarti Antonio hat gelernt, einen Augenblick auf der Schwelle stehen zu bleiben, bevor er hinausgeht.

»Ich habe nicht das Vergnügen gehabt, dich im Turnsaal zu sehen …«

Das war Sarti ganz entfallen.

Er sagt das Erstbeste, was ihm einfällt: »Die Kolitis ...«

»Über deine Kolitis haben wir bereits diskutiert. Morgen sind wir in der Turnhalle.«

Sarti hat dem nichts hinzuzufügen und geht. Und zwar zu Vincenzo Letizia, dem Archimalbildhauer.

Er trifft einen Tischler an, der die Tür des Ateliers repariert, und Vincenzo Letizia, der ihm Anweisungen erteilt.

Sobald der Architekt Sarti Antonios ansichtig wird, läuft er rot an und brüllt los: »Da haben Sie's. Sehen Sie. Das ist das Resultat! Sie müssten die Bürger beschützen, und stattdessen laufen Sie durch die Gegend und beleidigen uns. Bitte sehr: Die Diebe können ungestört ans Werk gehen. Schöne Polizei! Schöne Effizienz! ...«

Wahrscheinlich würde er noch wer weiß wie lange so weitermachen, würde ihm Kommissar Sarti Antonio nicht ins Wort fallen: »Genau deswegen bin ich hier, um zu ermitteln, um Sie zu schützen, um die Verantwortlichen festzunehmen und so weiter!«

Der andere murmelt etwas vor sich hin und knurrt am Ende: »Es hat den Anschein, als gäbe es bei der Polizei nur Sie. Haben die denn keine anderen Beamten?«

»Ich werde meinen Vorgesetzten mitteilen, dass Sie einen anderen Beamten bevorzugen würden. Unterdessen geruhen Sie bitte, mir alles zu erzählen. Wie ist die Sache abgelaufen?«

»Da gibt es nicht viel zu erzählen: Als ich hier ankam, war alles durcheinander. Die Tür war aus den Angeln gehoben, die Bilder waren entwendet.«

Kommissar Sarti Antonio tritt ein und blickt sich um: »Alle?«

»Fast alle. Zumindest die wertvollsten.«

»Aha, aha … Und die Signora?«

Er malt mit den Händen Kurven, als wollte er sagen: »Die Dame, die nackt die Zeitung liest und zwei solche Titten spazieren führt.«

»Mein Modell? Was soll sie Ihrer Meinung nach davon wissen?«

»Ich habe nur gefragt, um nicht zu riskieren, zufällig wieder auf sie zu stoßen. Darf ich?«

Der andere macht ihm ein Zeichen, das bedeutet: »Was soll mir das schon ausmachen? Sehen Sie sich ruhig um, wenn es der Sache dient.«

In der Tat herrscht ringsum ein ganz schönes Durcheinander: umgekippte Tische, offene Schubladen, deren Inhalt über den Boden verstreut ist, ausgeleerte Ablagekörbe …

Sarti Antonio fragt: »Haben die auch in den Schubladen und Ablagekörben nach Bildern gesucht?«

»Fragen Sie doch die Diebe, wenn Sie sie gefunden haben!«

»Um wie viel Uhr kommen Sie gewöhnlich ins Atelier?«

»Um neun, halb zehn. Aber was tut das zur Sache?«

»Es tut, es tut. Wieso wurde erst um elf Uhr Anzeige erstattet?«

Vincenzo Letizia, Archimalbildhauer, wirft ihm einen mitleiderfüllten Blick zu. Er sagt: »Sie haben mich gefragt, um wie viel Uhr ich gewöhnlich ins Atelier komme. Gewöhnlich komme ich um neun, halb zehn. Gestern jedoch bin ich um Viertel vor elf gekommen. Um elf habe ich Anzeige erstattet. Ich habe eine Viertelstunde gebraucht, um das Vorgefallene zu begreifen und zum Präsidium zu gehen. Sie können die Strecke nachprüfen …«

»Schon gut, schon gut. Sie hätten die Anzeige telefonisch erstatten können, ohne sich die Mühe zu machen, bis zum Polizeipräsidium zu laufen.«

Vincenzo Letizia zeigt ihm nur das zerschnittene Telefonkabel und grinst ihm ins Gesicht.

Einige ziemlich sperrige Bilder sind noch da; Kommissar Sarti Antonio lässt noch einmal die Blicke schweifen, dann verabschiedet er sich.

Aber der andere lässt ihn nicht gehen: »Und?«

»Und was?«

»Was haben Sie vor?«

»Sobald wie möglich den Täter oder die Täter festnehmen. Waren Ihre Bilder versichert?«

»Was soll das?«

»Ich muss in meinem Bericht angeben, ob die Bilder versichert waren und wie hoch.«

»Nein! Sie waren nicht versichert. Daran hatte ich noch gar nicht gedacht. Ich bin nicht auf die Idee gekommen, dass man sie mir stehlen könnte.«

»Ich auch nicht. Fehlt sonst nichts?«

»Sonst nichts.«

»Buongiorno. Ich halte Sie auf dem Laufenden.«

»Ich weiß schon, wie es ausgehen wird. Machen Sie sich nicht allzu große Umstände. Buongiorno!«

Kommissar Antonio Sarti zieht ab und denkt ein bisschen nach über all das, was um ihn herum alles passiert.

Diese Geschichte hat chaotisch angefangen, ist immer noch chaotisch, und wenn jemand imstande ist, dieses Chaos zu ordnen, ist er ein Ass!

Am nächsten Tag geht es mit der Turnhalle los.

Und es fängt schlecht an: Sarti erscheint, als alle anderen der Mannschaft schon im blauen Trainingsanzug angetreten sind und aussehen wie die Athleten der Nationalmannschaft, nur ein bisschen übergewichtig. Und womöglich legen sie sich bereits seit Tagen ins Zeug. Kommissar Sarti Antonio betrachtet sie und würde am liebsten auf dem Absatz kehrtmachen und nach Hause gehen.

Aber Hauptkommissar Raimondi Cesare brüllt ihm zu: »Na? Worauf warten wir?«

Sarti hatte ihn noch gar nicht bemerkt: Raimondi klammert sich an die Sprossenwand und erinnert an einen im Keller aufgehängten Schinken. Er schwitzt.

Sarti tritt an ihn heran und sagt: »Ich ... habe wirklich nichts mitgebracht: Ich habe keinen Trainingsanzug dabei. Ich wusste nicht ... Wir reden das nächste Mal darüber, geht das in Ordnung?«

Der andere löst sich von der Sprossenwand und plumpst auf den Boden. Er schwitzt und keucht: »Das geht überhaupt nicht in Ordnung, mein Lieber! Das geht überhaupt nicht in Ordnung! Ihr werdet hier alt und fett, richtige Mehlsäcke! Ich brauche Männer, die lossprinten können, gewissermaßen, und keine Fettklöße!«

Kommissar Sarti Antonio betrachtet sich im Spiegel, der an der vorderen Wand angebracht ist, und glaubt wirklich nicht, ein Fettkloß zu sein. Aber er sagt nichts.

Und der Hauptkommissar endet: »Jetzt gehst du, gewissermaßen, und ziehst dich um und machst das, was dir der Übungsleiter sagt. Du hast es nötiger als alle anderen.«

»Ich... ich habe keinen Trainingsanzug...«

»Das ist dein Problem!«

Er klettert erneut die Sprossenwand hinauf und wird wieder zum Schinken.

Da gibt es nichts mehr zu diskutieren: Er hat »Das ist dein Problem!« so gesagt, dass es nichts mehr zu diskutieren gibt. Was will er damit erreichen?

Sarti wirft einen Blick auf seine Kollegen, die sich abmühen, und geht in die Garderobe: Es wird eine Qual werden! Als er in den Turnsaal zurückkommt, hat keiner Lust zu lachen, denn da drinnen hat jeder seine eigenen Probleme, seinen Rheumatismus, an den er denken muss – auch wenn Kommissar Sarti Antonio in Unterhose, Unterhemd und Socken gewiss keinen alltäglichen Anblick bietet.

Aber eins steht fest: Der Archimalbildhauer ist ein Halunke!

Wenn man es recht bedenkt, und zwar außerhalb dieser stinkigen, durchaus entbehrlichen Turnhalle, dann könnte Rosas' Idee eine Spur sein: Denn wann sagt Rosas je etwas nur so dahin?

Dass Vincenzo Letizia die Bilder gestohlen wurden, kann nur glauben, wer die Zeitungen liest. Und wenn sie ihm nicht gestohlen wurden, dann müssen sie ja irgendwo sein.

Sarti Antonio erörtert das mit sich selbst, mit lauter Stimme, während er in dem verdammten Wagen 28 sitzt. Felice Cantoni meldet sich nicht zu Wort. Auch weil er nicht wüsste, was er sagen sollte. Er zieht es vor, das Auto spazieren zu fahren.

»Wo kann dieser Hurensohn sie gelassen haben?«

Sarti sagt »Hurensohn«, obwohl er genauso gut »dieser tüchtige Architekt« sagen könnte; aber bei »Huren« fällt ihm »Bordell« ein.

Und dann platzt es aus ihm heraus: »Sehen wir nach! Felice! Sehen wir nach!«

»Wonach denn?«

»Ins Bordell! Fahr mich ins Bordell!«

Felice Cantoni hat keine Ahnung, wo sich heutzutage ein Bordell befinden könnte.

Er fragt: »In welches?«

»Wie viele kennst du denn?«

»Keins.«

»In die Via dell'Unione! Fahr mich in das Bordell in der Via dell'Unione!«

Das Auto schießt über die Straße wie ein Panther. Nach zehn Minuten setzt Felice Cantoni Kommissar Sarti Antonio vor der Nummer 1 der Via dell'Unione ab – dem vormaligen Puff.

»Kommst du mit?«

»Wozu?«

»Um nach den Bildern zu suchen, wozu denn sonst?«

»Richtig: Suchen wir die Bilder. Wie kommen wir hinein?«

Kein Polizist, der auf sich hält, macht vor einer geschlossenen Tür halt, geschweige denn vor der Tür eines Bordells. Sie sehen sich um, aber von den Bildern keine Spur. Sie sehen sich in sämtlichen Zimmern und in den Salons um, schauen unter die Sessel und Sofas: absolut nichts. Ein weiterer Schlag ins Wasser.

Sie sind schon im Begriff, das Haus wieder zu verlassen, als Felice Cantoni sagt: »Kein Wunder, dass wir nichts gefunden haben, Bilder gehören doch nicht ins Bordell. Bilder sind doch da, wo die Maler sind, und die Maler sind unterm Dach.«

»Stimmt! Komm mit!«

»Ich komme. Wohin?«

Sie steigen im Eiltempo die Treppen hinauf, und im obersten Stock ist eine Luke in der Decke.

»Da oben müssen sie sein. Wie komme ich da bloß hinauf?«

Heute sprüht Felice Cantoni nur so vor Geistesblitzen.

Denn er stellt fest: »Wir brauchen eine Leiter.«

»Das ist eine gute Idee, nur dass keine Leiter da ist. Halt mich fest.«

»Ich glaube, das kann ich nicht: Ich habe ein Magengeschwür …«

»Hör auf damit und halt mich fest!«

Sarti Antonio klettert ihm auf die Schultern, stützt sich an der Wand ab und setzt die Füße rechts und links von seinem Hals.

Felice Cantoni schwankt, flucht und fällt beinahe um.

»Beeil dich! Beeil dich! Mir zittern schon die Knie.«

»Du solltest ein bisschen mehr Sport treiben.«

Der Kommissar stößt mit den Schultern gegen die Klappe, und es gelingt ihm, die Luke zu öffnen; dann hievt er sich bis zur Taille hoch. Die Klappe ist ziemlich schwer und drückt ihm gegen den Nacken. Unten wird geflucht. Oben flucht er selbst. Er schafft es, sich auf den Dachboden hinaufzuschwingen. Und er sieht sie! Übereinandergetürmt, in zwei Stapeln zu je zwölf, dreizehn Bildern.

»Dieser Hurensohn!«

»Sind sie da?«

»Sie sind da! So ein Halunke!«

Er schaut sich noch um, findet aber sonst nichts. Doch das genügt schon. Sarti lässt sich durch die Luke hinab und strampelt mit den Beinen in der Luft wie einer, der am Galgen hängt, bis er Cantonis Schultern unter seinen Sohlen spürt. Irgendwie gelingt es ihm, die Füße wieder auf festen Boden zu setzen. Er ist schmutzig wie ein Maurer; Felice Cantonis schöne blaue Jacke ist völlig versaut, und so sehr der Ärmste auch darauf herumreibt, er kriegt sie nicht sauber.

Er schimpft unentwegt: »Schau dir bloß an, wie die aussieht! Und ich habe sie heute Früh frisch angezogen!«

»Bring sie in die Reinigung: Ich bezahle die Rechnung! Und hör auf, mir auf die Nerven zu gehen!«

»Es geht nicht um die Reinigung oder die Nerven … Es geht darum, dass ich sie heute Früh frisch angezogen habe und die andere noch nicht fertig ist.«

Im Auto stimmt Kommissar Sarti Antonio wieder seine gewohnte Litanei an: »Die Bilder waren nicht versichert: Was hat er davon, wenn er herumerzählt, dass sie gestohlen wurden? Dient ihm das als Werbung? Hat er den Einbruch als Vorwand benutzt, um die Bilder verschwinden zu lassen? Doch offenbar wurde sonst nichts gestohlen – nur die kostbaren Gemälde … Entweder ist er nicht nur ein Lügner, sondern auch ein Hurensohn, oder er will nicht sagen, was ihm geklaut wurde.«

»Er kann auch recht haben …«

»Wer?«

»Es kann sein, dass ihm nichts geklaut wurde, weil nichts da war, was zu klauen sich gelohnt hätte …«

»Oder weil die Diebe nicht gefunden haben, wonach sie suchten. Das ist Rosas' Version. Gehen wir zu Signor Letizia.«

Aber im Atelier ist er nicht. Es öffnet die Frau mit den Riesentitten.

Sie ist angekleidet und liest keine Zeitung. Sie sagt mit einem Lächeln: »Buongiorno.«

»Ist der Herr Architekt da?«

»Nein! Er ist heute nicht gekommen: Er ist krank.«

»Buongiorno.«

»Buongiorno.«

Letizia ist tatsächlich krank. Das heißt: Er liegt im Bett und behauptet, Fieber zu haben. Seine Ehefrau Angela Scampini sitzt neben ihm.

»Was wollen Sie denn noch? Haben Sie mich nicht schon genug gepiesackt? Sehen Sie nicht, dass ich krank bin? Ich werde mich bei Ihren Vorgesetzten beschweren! Ich werde ...«

»Bitte sehr! Was haben Sie denn?«

»Ich habe Fieber! Seit ich Sie am Hals habe, ist das kein Leben mehr für mich! Man bringt mir die Schwiegermutter um, man räumt mir mein Atelier aus, man überfällt mich auf der Treppe! Wollen Sie mich nicht endlich in Ruhe lassen?«

Langsam wird die Sache interessant.

Kommissar Sarti Antonio setzt sich auf das Bett und versucht ihn zu trösten: »Na, na, was soll denn das? Sagen Sie mir, was sonst noch passiert ist. Sie müssen begreifen, Herr Architekt, dass ich hier bin, um Ihnen zu helfen.«

Aber der andere muss wirklich hohes Fieber haben, denn er redet wirres Zeug: »Verschwinden Sie! Verschwinden Sie, oder ich rufe die Polizei! Lassen Sie mich in Frieden! Setzen Sie sich nicht auf mein Bett!«

Signora Angela »Also« Scampini nimmt den Kommissar am Arm und führt ihn in die Küche. Sie sagt: »Sie müssen ihn entschuldigen: Er hat Fieber. Versuchen Sie, ihn zu verstehen ... Also ...«

»Dann erklären Sie mir ...«

»Folgendes ist passiert, gestern Abend ... Das heißt heute Nacht, als er nach Hause kam, ist er auf der Treppe von einem Verbrecher überfallen worden. Also, er ist sehr mitgenommen: erst der Einbruch im Atelier, jetzt der Überfall auf der Treppe ...«

»Würde es Ihnen etwas ausmachen, mir alles der Reihe nach zu erzählen?«

Aus dem Schlafzimmer dringen die Rufe des Kranken: »Ist er weg? Angela, ist er gegangen?«

»Ja, mein Lieber, er ist gegangen! Jetzt beruhige dich doch!«

Sie spricht mit leiser Stimme, damit der Irre im Bett sie nicht hört.

»Also, das war so: Er ist zur Haustür hereingekommen, und sie hat sich hinter ihm geschlossen. Das Licht hat nicht funktioniert. Jemand hat ihm mit einer Taschenlampe ins Gesicht geleuchtet und ihm die Tasche weggerissen. Nach seiner Aussage hatte der Angreifer sogar eine Pistole, also ...!«

»Dieser Verbrecher muss viele Hände haben: Er hat die Tür zugeschlagen, hat ihm mit der Lampe ins Gesicht geleuchtet, ihm die Tasche entrissen, die Pistole auf ihn gerichtet ... und mit der anderen?«

»Mit welcher anderen?«

Angela »Also« hat diese Feinheit nicht verstanden; es ist sinnlos, sie ihr zu erklären.

Sarti brummelt: »Nichts. Fahren Sie fort ...«

»Das war alles: Jetzt ist er sehr mitgenommen und kann sich bei der Art, wie er das erzählt hat, auch geirrt haben. Der Arzt hat gesagt, er braucht Ruhe.«

»Warum haben Sie nicht die Polizei verständigt?«

»Das wollte er nicht: Er war einfach nicht zu überzeugen! Er sagt, dass es sowieso sinnlos ist, dass es ist, wie bei der Sache mit meiner Mutter, dass sowieso nichts gelöst wird ... Dass seine Probleme angefangen haben, als Sie gekommen sind! Außerdem ist gar nichts gestohlen worden.«

»Nichts?«

»So ist es! Es erscheint unglaublich. Also, man hat seine Tasche durchwühlt, hat alles über die Stufen verstreut, hat in seiner Manteltasche gekramt und ist verschwunden. Und hat nichts entwendet.«

Das ist wirklich der Gipfel: Jetzt muss der Herr Architekt erzählen, was er weiß, wenn er nicht im Knast landen will – zumindest wegen Vortäuschung einer Straftat.

Sarti geht ins Schlafzimmer, setzt sich wieder auf das Bett und versucht, so liebenswürdig wie möglich zu sein: »Mein lieber Herr Architekt, jetzt müssen Sie mir aber sagen, was die bei Ihnen suchen. Was die wollen. All diese Vorgänge können doch unmöglich auf Zufall beruhen. Sie müssen sich entscheiden!«

»Was wollen Sie noch? Verschwinden Sie! Verschwinden Sie, oder ich schreie! Hilfe! Hilfe!«

»Ganz ruhig, mein Lieber! Der Herr Kommissar versucht doch bloß, dir zu helfen ...«

Angela »Also« herzt ihn ein bisschen, und er hört auf herumzulärmen.

Jetzt bricht er sogar in Tränen aus ... »Ich weiß es nicht! Ich verstehe überhaupt nichts mehr. Was wollen die von mir?«

»Das frage ich Sie: Was suchen die? Was verstecken Sie?«

»Wenn ich Ihnen doch sage, dass ich es nicht weiß! Ich habe das Gefühl, ich bin unter lauter Irren ...«

Vincenzo Letizia weint jetzt laut, wie ein Kind. Hier ist nichts mehr zu holen, und Sarti Antonio kehrt dorthin zurück, woher er gekommen ist – mit einem weiteren Problem, das zu lösen ist: der Überfall. Vorausgesetzt, dass es ein Überfall war. Bei dem Typ, mit dem man es hier zu tun hat …

Als er Rosas die neuesten Neuigkeiten überbringt, ist dieser glücklich; warum, ist nicht ganz klar, aber er ist glücklich.

Er erklärt hierzu: »Es ist genau, wie ich gesagt habe: Zwei plus zwei macht vier.«

Kommissar Sarti Antonio mag geistig minderbemittelt sein, ich mag mental zurückgeblieben sein (was euch anbelangt, so kann ich es nicht sagen, weil ihr vielleicht, wie Rosas, schon alles durchschaut habt), aber zum Glücklichsein gibt es wirklich keinen Anlass.

»Verdammt noch mal! Willst du mir gefälligst verraten, was vier macht?«

»Zwei plus zwei!«

Rosas nimmt ihn am Arm und führt ihn unter den Arkaden von Santa Caterina spazieren, dort, wo die Sonne hinscheint.

Er sagt: »Das ist doch klar, oder? Was fehlt in dieser Geschichte?«

»Fast nichts. Es fehlen nur ein Mörder, ein Dieb, ein Verbrecher, der die Leute im eigenen Treppenhaus überfällt, vier Typen, die sich verdünnisiert haben … Und wenn du willst, kann ich noch fortfahren!«

»Ich meine: Versuch, noch einmal über alles nachzudenken, und sag mir, welches die Dinge sind, die man nicht findet und hinter denen der Mörder vielleicht her ist.«

Kommissar Sarti Antonio versucht, seine Gedanken zu ordnen, und um das zu tun, muss er laut überlegen. Er lässt die Ereignisse vor seinem geistigen Auge Revue passieren. Er sagt: »Es fehlen fünfhundertachtzigtausend Lire, es fehlt ein weißer Umschlag, in dem sie vielleicht drin waren, und es fehlt eine Vorladung der Kommune. Sonst nichts.«

»Es fehlt noch etwas: eine Tonbandkassette mit Schlagern ...«

»Na und?«

»Die fünfhundertachtzigtausend Lire werden irgendwo sein, zusammen mit dem Kuvert, aber ich glaube nicht, dass sie von Belang sind. Ich glaube vielmehr, dass jemand die Vorladung der Stadt sucht und dass dieser Jemand davon ausgeht, dass sie sich in den Händen des Architekten befindet. Aber es sieht so aus, als hätte er sie bis jetzt nicht gefunden.«

Unterdessen sind sie auf der Piazza Maggiore angelangt. Rosas setzt sich auf die Stufen des Palazzo del Podestà: Auf diese Stufen scheint die Sonne von neun Uhr morgens, bis sie untergeht.

Rosas entfaltet einen Stadtplan, so groß wie ein Bettlaken: Darauf abgebildet ist die gesamte Altstadt, mit so vielen Schraffuren, Farben und Symbolen, dass man überhaupt nichts mehr kapiert.

Rosas fährt mit dem Finger die Muster nach, bis er sagt: »Via dell'Unione. Da ist die Nummer 1 und da die Nummer 31.«

»Das ist ja der Plan, der an die Vorladung der Alten geheftet war ... Wo hast du den her?«

»Es ist nicht der gleiche! Den kann man im Stadtbauamt kaufen. Das hier ist die Altstadt ... Das ist der Bebauungsplan für das historische Zentrum.«

»Drück dich klar aus, damit ich dir folgen kann ...«

»Das ist ein Plan der genehmigten Baumaßnahmen im historischen Zentrum: Die schraffierten Gebäude dürfen nicht abgerissen werden; in den dunkel markierten dürfen nur Erhaltungsmaßnahmen durchgeführt werden; die farbig markierten sind bedeutende Baudenkmäler, an denen überhaupt nichts verändert werden darf; die karierten stehen unter Denkmalschutz, und diese schwarzen hier sind in den Enteignungsplan der Kommune aufgenommen worden. Bei denen ohne jede Symbolik kann beliebig eingegriffen werden. Das heißt, man kann sie nach Lust und Laune abreißen oder wieder aufbauen. Also: In der Via dell'Unione sind alle Gebäude schwarz markiert, und das heißt, sie werden von der Stadt enteignet und dann im Zuge der sogenannten Sanierung des historischen Zentrums wieder aufgebaut. Eine sehr wichtige Angelegenheit, heißt es. Denn diese Neubauten wird die Kommune an alle, die jetzt darin wohnen, zum alten Preis vermieten. Nur dass die Neubauten Häuser sein werden, die diesen Namen verdienen, und nicht diese stinkenden Rattenlöcher ohne Klo wie das, in dem ich wohne. Jetzt ist es elf Uhr, und das Bauamt im Palazzo Comunale hat Sprechstunde. Ich würde sagen, wir gehen hin und lassen uns den Plan erklären.«

»Gehen wir.«

Polacchi Franco, makellos, steht den Bürgern jeden Dienstag und Freitag von elf bis dreizehn Uhr zur Verfügung.

Er begrüßt Sarti mit einem breiten Grinsen und fordert

ihn auf, Platz zu nehmen. Er fragt: »Ein Kollege?«, und deutet auf Rosas.

Kommissar Sarti Antonio zuckt mit den Achseln und sagt weder Ja noch Nein.

»Irgendwelche Neuigkeiten, lieber Herr Kommissar?«

»Es ist kein Durchkommen: Mit jedem Tag, der vergeht, werden die Dinge komplizierter. Zeig den Plan her.«

Rosas breitet den Bettlakenplan auf dem Tisch aus.

Polacchi Franco lächelt: »Den kenne ich: Das ist der Plan für das historische Zentrum.«

»Ich möchte wissen, ob er der Öffentlichkeit zur Verfügung steht.«

»Aber sicher: Der Plan wurde ordnungsgemäß genehmigt und steht folglich den Bürgern zur Verfügung, die Einsicht nehmen, ihn überprüfen, über ihn diskutieren können und so weiter ...«

»Dann kennt ihn also auch der Architekt Letizia?«

»Er vor allen anderen! In seiner Eigenschaft als Sachverständiger hat er sämtliche Phasen der Untersuchung bis zur endgültigen Ausarbeitung mit verfolgt. Wie übrigens auch die anderen seriösen Freiberufler in dieser Stadt.«

Bislang hat Rosas den Mund noch nicht aufgemacht, aber als er es jetzt tut, würde Kommissar Sarti Antonio ihn ihm am liebsten zuhalten.

Denn Rosas sagt: »Aber Vincenzo Letizia ist kein seriöser Freiberufler.«

Polacchi Franco ist an solche Beurteilungen der Bausachverständigen nicht gewöhnt und fragt: »Wie kommen Sie denn darauf?«

Er klingt ein wenig ungehalten: Ein Polizist kann doch keinen Architekten beurteilen!

Rosas kümmert das nicht, und er antwortet: »Aufgrund der Tatsache, dass er den Diebstahl seiner Bilder vortäuscht und sie dann auf dem Dachboden des ehemaligen Freudenhauses versteckt. Mir scheint, dass man von einem solchen Typ wenig professionelle Seriosität erwarten kann.«

Polacchi reißt die Augen weit auf: »Was erzählen Sie da?«

Sobald sie draußen sind, wird Kommissar Sarti Antonio dieses hässliche, kurzsichtige und halbirre Wesen namens Rosas zur Sau zu machen.

Vorläufig jedoch begnügt er sich damit zu sagen: »Er macht nur Spaß! Er will den Witzigen herauskehren. Architekt Vincenzo Letizia ist eine überaus vertrauenswürdige Person.«

Er packt Rosas am Ärmel und zieht ihn, nachdem er sich hochachtungsvoll von dem hochachtbaren Bausachbearbeiter der Kommune verabschiedet hat, bis zur Piazza Maggiore.

»Ich glaube, du bist nicht ganz bei Trost! Und ich glaube, ich bin noch blöder als du, weil ich mich mit dir über meine Angelegenheiten unterhalte! Ich glaube, dass es ein Glück für die Gesellschaft wäre, wenn jemand dich in eine Heilanstalt für Geisteskranke einweisen würde! Ich glaube, dass du ein Vollidiot bist!«

Der Kommissar brüllt, auf der Piazza Maggiore, und die Passanten bleiben stehen, um abzuwarten, wie sich die Sache weiterentwickelt.

»Was soll dieses Gerede? Wer hat dich befugt, so daherzureden? Was fällt dir ein?«

Dann hört er auf, weil die Zahl der Schaulustigen bereits zu groß ist und weil er keine Lust hat, das Spektakel fortzusetzen.

Er kehrt Rosas den Rücken zu und lässt ihn mitten auf der Piazza stehen, vor der Nase derer, die einen Kreis um sie gebildet haben und jetzt nicht wissen, wem sie folgen sollen: Kommissar Sarti Antonio, der von dannen geht, oder Rosas, der dableibt, um die Sonne zu genießen, als hätte er mit dem Vorgefallenen nichts zu tun.

Ich folge Kommissar Sarti Antonio, weil ich neugierig bin und wissen möchte, wie die Sache ausgeht.

Und ich gebe den Zuschauern durch ein Zeichen zu verstehen, dass alle beide einen kleinen Dachschaden haben.

Ein flüchtiger, ziemlich unhöflicher Schatten

Wenn das so weitergeht, wird Kommissar Sarti Antonio Rosas demnächst wohl auf Schritt und Tritt begegnen.

Fürs Erste trifft er ihn bei sich zu Hause an, auf den Stufen vor seiner Wohnungstür. Er sitzt auf der Treppe und grinst wie am Vormittag auf der Piazza Maggiore.

»Was willst du?«

»Trinken wir einen Espresso zusammen?«

Sarti lässt ihn wortlos eintreten und setzt sich an den Tisch. Ein bisschen Salat, ein paar Scheiben Käse und eine Flasche Wein.

»Möchtest du auch etwas? Hast du schon gegessen?«

»Nein, ich will nichts – nur einen Espresso, wenn du fertig bist. Abends am besten nur leichte Kost.«

Er sieht Sarti beim Essen zu und pfeift verstohlen vor sich hin, den Kopf auf die Hände und die Ellbogen auf den Tisch gestützt.

»Nun?«

Rosas antwortet nicht: Er setzt sein Pfeifsolo fort. Beim Espresso hört er damit auf und nippt von seinem Tässchen. Draußen ist es schon dunkel.

Als Sarti fertig ist, fragt er wieder: »Nun?«

»Gehen wir und sehen uns die ›gestohlenen‹ Bilder an.«

»Jetzt?«

»Warum nicht?«

»Du hast sie wirklich nicht mehr alle! Ich gehe jetzt schlafen.«

Rosas steht auf und reckt sich. Er sagt: »Schade! Vielleicht gibt es bei diesen ›gestohlenen‹ Bildern genau das, wonach die suchen … Wirklich schade! Buonanotte!«

»Gehen wir. Du kannst einem vielleicht auf den Geist gehen! Der Schlag soll dich treffen!«

»Aber wieso denn?«

Sinnlos, diese Unterhaltung fortzusetzen.

Mit dem Ottoecinquanta bis zur Via San Vitale, dann zu Fuß in die Via dell'Unione. Es ist niemand in der Nähe, und sie können in Ruhe hineingehen, ohne aufzufallen.

Sie schalten das Licht ein und steigen die Treppen hinauf. Plötzlich geht das Licht aus. Die beiden bleiben mitten auf der Treppe wie angewurzelt stehen.

»Verdammt, man sieht nichts.«

Nach einem Moment gewöhnen sich die Augen an die Dunkelheit, und durch das Oberlicht, am Ende der Treppe, dringt ein bisschen Licht. Wenig.

Gerade genug, um eine Silhouette auszumachen, einen Schatten, der die Treppe herunterhuscht.

Kommissar Sarti Antonio brüllt: »Zünd ein Streichholz an!«

»Ich bin Nichtraucher!«

»Wer ist da? Stehen bleiben!«

Er möchte noch ein paar Dinge hinzufügen, aber der Schatten stößt ihn um und lässt ihn die Treppe bis zum nächsten Absatz hinunterpurzeln. Sarti flucht und versucht, nach dem Schatten, der an ihm vorbeigleitet, zu fassen, aber der trampelt über ihn hinweg wie über eine Fußmatte, bevor er so problemlos das Erdgeschoss erreicht, als hätte er Luchsaugen. Er wirft genau in dem Moment die Tür zu, in dem es Kommissar Antonio Sarti gelingt, sich, geschunden und mit tauben Gliedern (unter anderem hat er sich den Kopf an den eisernen Stangen des Geländers angeschlagen und blutet), aufzurappeln. Und er versucht, hinunterzusteigen, indem er sich an den Handlauf klammert. Rosas kichert in der Dunkelheit, als würde er sich amüsieren. Und ich glaube tatsächlich, dass das der Fall ist: Er amüsiert sich, dieser Unmensch!

Als Kommissar Antonio Sarti schließlich auf der Straße ankommt, ist von dem Schatten keine Spur zu sehen. Es bleibt ihm nichts anderes übrig, als sich das Blut abzuwischen, das ihm von der Stirn tropft, und zum Ottoecinquanta zu gehen, um die Taschenlampe zu holen.

Er kehrt ins Haus zurück und findet Rosas im Salon im Parterre, in einem Sessel sitzend. Er lacht noch immer, dieses Scheusal!

Mittlerweile ist Kommissar Antonio Sarti wirklich ein Häufchen Elend: Er hält sich den Kopf und massiert sich ein Knie, müsste sich aber eigentlich überall massieren.

»Mann, hat der mich erwischt! Dieser … dieser … Verdammt, hat der mich erwischt! Aber wie hat er es geschafft, überall das Licht auszuschalten?«

»Es genügt, aus einem Schalter die Kabel herauszureißen und so einen Kurzschluss auszulösen. Komm, Kommissar, leuchte mir mal.«

Sie steigen erneut die Stufen hoch und finden den Schalter mit den herausgerissenen Kabeln (die gesamte Anlage liegt über Putz). Rosas repariert ihn, geht hinunter ins Erdgeschoss und repariert auch die durchgebrannten Sicherungen mit einem Stück Draht. Das Licht geht wieder an – das gute, das schöne, das liebe Licht! Rosas kann sich jetzt ein Bild davon machen, in welchem Zustand sich Sarti Antonio, Kommissar, befindet – bedauernswert.

»Komm her!«

Er wischt ihm das Blut von der Stirn und versucht, die Wunde so gut es geht zu verbinden, aber die Sache sieht nicht gut aus.

»Lass es. So reicht es.«

Sarti knotet sich das Taschentuch über der Stirn, wie weiland Meazza und Schiavio, die Fußballhelden im schönen Jahre 1934. Er fragt: »Und jetzt …?«

»… Schauen wir uns diese ›gestohlenen‹ Bilder an.«

Sie gehen zum dritten Mal nach oben: Im obersten Stock lehnt eine Leiter an der Wand, und es ist folglich nicht mehr nötig, irgendjemandem auf die Schultern zu steigen, um auf den Dachboden zu gelangen. Oben lässt Kommissar Antonio Sarti den Lichtstrahl der Taschenlampe kreisen: Es ist kein einziges Bild mehr da, das diesen Namen verdient hätte. Doch was man sieht, ist ein Schlachtfeld: zertrümmerte Rahmen, zerbrochenes Glas, zerstörte Gemälde. Ein böser Schlag für den Maler!

Die beiden setzen sich auf die zierlichen Sessel im kleinen Salon des Ex-Bordells und blicken einander schweigend an.

Dann wiederholt Kommissar Sarti Antonio zum tausendsten Mal: »Und was jetzt?«

»Jetzt gehen wir ins Bett. Morgen habe ich eine Prüfung …«

Das war's! Rosas hat nichts weiter zu sagen. Rosas hat

Sarti hierhergeschleppt, mitten in der Nacht, er wäre beinahe draufgegangen, auf dem Dachboden ein einziges Schlachtfeld, und jetzt sagt er nur: »Morgen habe ich eine Prüfung.« Ich weiß nicht, wie man da die Ruhe bewahren soll. Ich könnte es nicht. Sarti gelingt es: Das muss an den Schmerzen liegen.

Rosas macht den Mund nicht auf. Eigentlich müsste man ihm in den Hintern treten ! Kommissar Antonio Sarti ist erschöpft und schweigt: Er steht auf, schaltet das Licht aus und geht hinaus.

Rosas sagt: »Ich fahre: Setz dich daneben.«

Sarti Antonio hält sich den Kopf mit beiden Händen, weil der Schmerz immer stärker wird. Rosas hilft ihm die Treppe hoch, bringt ihn ins Bett und deckt ihn zu.

Er schaltet auch das Licht aus und sagt: »Gute Nacht. Dein Auto bringe ich dir morgen zurück. Ist das recht?«

Der Kommissar brummelt etwas, denn allein schon das Bewegen der Lippen tut ihm weh. Er schließt die Augen.

»Danke. Hör mir zu, Kommissar, wenn du dich besser fühlst und Lust hast, wieder anzufangen, warum versuchst du dann nicht, die andere Sache zu finden, die in dieser ganzen Geschichte fehlt?«

Sarti Antonio unternimmt eine gewaltige Anstrengung, öffnet den Mund, so gut er kann, und fragt: »Wonach soll ich denn suchen?«

Immer noch aus dem Dunkel heraus antwortet Rosas: »Ich verstehe dich nicht. Sprich lauter.«

Eine erneute Anstrengung: »Wonach soll ich suchen?«

»Nach dem Tonband! Die Musikkassette, die zu der leeren Hülle gehört, die neben der Leiche der lieben alten Dame lag.«

Leise und langsam, damit es nicht so weh tut, erklärt Sarti der ganzen Welt: »Und wen soll das interessieren?«

»Ich verstehe dich nicht. Sprich lauter.«

»Wen soll das schon interessieren? Es waren Liebeslieder: Wen interessiert denn so etwas?«

»Eben, wen interessiert das schon? Es waren nur Liebesschnulzen, aber sie sind nicht mehr aufzufinden. Wo sind die wohl gelandet?«

Und Rosas empfiehlt sich, diesmal ernsthaft und endgültig.

Kommissar Antonio Sarti schläft schlecht: Es liegt vielleicht an den Schmerzen, vielleicht aber auch an den Albträumen, die ihn im Schlaf peinigen. Der schlimmste davon: Andrea Pappalardo, gigantisch, unförmig, mit einem Hammer in der Hand (aber möglicherweise ist es auch eine Keule), verfolgt ihn und versucht, ihm eins auf den Kopf zu geben. Genauer gesagt: auf den Nacken, wie im Fall der lieben alten Dame. Zur Krönung des Albtraums flüstert beziehungsweise jault er ihm während der Verfolgungsjagd noch seine »schönsten Liebeslieder« in die Ohren.

Als der Kommissar aufwacht, geht es ihm schlechter als zu dem Zeitpunkt, da er sich hingelegt hat: Er kann nicht einmal aufstehen, denn beim bloßen Versuch riskiert er, der Länge nach hinzuschlagen. Er fühlt sich wie von einem Panzer überrollt.

Ich versuche, ihm einen Espresso zuzubereiten, aber ich weiß schon, was er mir sagen wird. Nämlich: »Ekelhaft.«

Tatsächlich sagt er es, trinkt ihn aber trotzdem. Auch weil ich es nicht besser kann und er sich mit dem begnügen muss, was er serviert bekommt.

Ich treffe ihn vor dem Spiegel an.

Er betrachtet seine Wunde auf der Stirn und murmelt: »... Wenn ich den zwischen die Finger kriege, dann erteile ich ihm eine Lektion, die er so schnell nicht vergessen wird! Schau dir das an! Die Narbe werde ich mit ins Grab nehmen... Aber den erwische ich! Und ob ich den erwische!«

Er klebt sich ein Pflaster auf, das über die ganze Stirn reicht, und versucht, in die Hose zu schlüpfen, während er sich mit einer Hand den Kopf hält.

Als Hilfskommissar Felice Cantoni unten auf der Straße klingelt, ist Sarti fast fertig und geht die Treppe hinunter, allerdings taumelnd und klagend. Und auf der Treppe begegnet er der dicken Blonden von nebenan, die, mit Einkäufen beladen, gerade die Treppe hochsteigt.

Sie setzt das übliche strahlende Lächeln auf, das ihr jedoch auf den Lippen erstirbt, sobald sie ihn genauer ins Visier nehmen kann: »Du lieber Gott, Signor Sarti! Was ist passiert? Brauchen Sie Hilfe? Soll ich Ihnen nicht helfen?«

Und sie scharwenzelt so dicht an ihm vorbei, dass ihr die soeben gekauften anderthalb Kilogramm Orangen die Stufen hinunterkullern. Die größte zieht den direkten Weg vor, durch den Treppenhausschacht, und landet prompt auf dem Kopf von Hilfskommissar Felice Cantoni, der sich gerade die Dienstmütze abgesetzt hat. Welche Flüche in seinem Gehirn explodieren, weiß nur er allein; der klebrige gelbe Saft rinnt ihm den Hals hinunter und landet auf seiner Jacke.

»Verdammt! Noch eine Jacke ruiniert! Verdammt! Ihr legt es darauf an, mir die Jacken zu ruinieren! Nach dem

Gejammere meiner Frau vorgestern ... Wer kann die jetzt noch beschwichtigen?«

Kommissar Sarti Antonio hat seinerseits seine liebe Mühe mit der dicken Blondine: »Es ist nichts! Es ist nichts, sage ich Ihnen!«

Aber die Frau will ihm mit aller Gewalt helfen.

»Ich habe doch gesagt, es ist nichts !«

»Heilige Muttergottes, Sie sind aber übel zugerichtet! Und Sie sagen mir nichts, Sie geben mir nicht Bescheid. Vielleicht hätten Sie Hilfe gebraucht ...«

Die Frau würde fortfahren bis zum Sankt Nimmerleinstag.

Aber Kommissar Sarti Antonio schneidet ihr das Wort ab: »Jetzt ist es gut! Ich habe gesagt, dass es nichts ist!«

Nur dass er beim Schreien die Halsmuskeln so anspannt, dass der Schmerz sich bis in die Haarwurzeln fortpflanzt. Beinahe fällt er in Ohnmacht. Er schwankt.

»Aber es geht Ihnen wirklich sehr schlecht. Herr Polizist! Herr Polizist!«

Hilfskommissar Felice Cantoni vergisst seinen Orangensaft und brüllt von unten herauf: »Was gibt's denn noch?«

»Helfen Sie mir! Signor Sarti geht es schlecht!«

»Verdammt!«

Cantoni steigt im Eilschritt die Treppe hoch und kommt gerade noch rechtzeitig, um die Arme zu öffnen und Kommissar Sarti Antonio in Empfang zu nehmen, dem es mit letzter Kraft gelungen ist, sich aus den Fängen der dicken Blondine zu befreien.

»Gehen wir! Los, nichts wie weg von hier, bevor ich ... Die da ist übergeschnappt!«

Im Wagen 28 kann er sich zurücklehnen und entspannen. Felice Cantoni betrachtet ihn, während er chauffiert, stellt aber keine Fragen, noch nicht. Er weiß, dass es nicht der richtige Augenblick ist.

Er sagt nur: »Wohin?«, und schiebt sich ein sauberes Taschentuch zwischen den Kragen seiner Jacke und den saftverklebten Hals.

»In die Via Irnerio, zum Architekten.«

Vincenzo Letizia geht es besser: Er ist aufgestanden und im Begriff, sich ein Tässchen Espresso, einen frisch gepressten Orangensaft von derselben Farbe wie das Revers von Felice Cantonis Jacke sowie vier mit Butter bestrichene Scheiben Brot einzuverleiben. Er hat kein Fieber mehr.

Kommissar Sarti Antonio hat keine Zeit zu verlieren: Er spürt, dass er der Lösung nahe ist, sehr nahe. Er herrscht ihn an: »Warum haben Sie die Bilder zerstört? Was haben Sie heute Nacht im ehemaligen Bordell gemacht? Wo ist die Pappalardo-Kassette? Wo ist die Vorladung der Kommune?«

Der andere reißt die Augen auf. Er erweckt den Anschein, nicht richtig verstanden zu haben. Er stammelt: »Welche Bilder?«

»Stellen Sie sich nicht so dumm! Das ist nicht der geeignete Morgen für so was! Mir geht es schlecht!«

»Das sehe ich. Was ist passiert?«

»Sie haben mich doch die Treppe in diesem verdammten Puff hinuntergestoßen! Stellen Sie sich nicht so dumm! Warum haben Sie die Bilder zerstört?«

»Ich … Ich verstehe nur Bahnhof!«

»Die Bilder, die Sie auf dem Dachboden versteckt haben! Spielen Sie nicht den Dummen!«

»Sie ... Sie ... haben sie gefunden?«

»Ich hatte sie gefunden! Jetzt sind sie nur noch ein Haufen Müll.«

Falls der Architekt Vincenzo Letizia simuliert, dann simuliert er gekonnt: Er sackt auf dem Stuhl zusammen wie ein Plastikhampelmann zum Aufblasen, aus dem man den Stöpsel herausgezogen hat. Der Seufzer, der ihm mit einem Zischen durch die Lippen entweicht, verstärkt diesen Eindruck noch.

»Meine Bilder zerstört ... O mein Gott! Das ist das Ende!«

Schlagartig kehrt sein Fieber zurück.

Aber Kommissar Sarti Antonio hat kein Mitleid. »Sie wissen also von nichts! Sie waren heute Nacht nicht in der Via dell'Unione?«

Angela Scampini versucht, ihrem Gatten mit einer Papierserviette Luft zuzufächeln. Sie ruft aus: »Aber er hat sich nicht aus dem Bett gerührt! Aber wenn er doch krank ist! Also ...«

»Dann fragen Sie ihn, warum er gesagt hat, dass man ihm die Bilder gestohlen hat, wenn er sie doch selbst versteckt hat! Wissen Sie, was das ist? Vortäuschung einer Straftat; darauf steht eine Freiheitsstrafe von sechs Monaten bis zu drei Jahren!«

Vincenzo Letizia kommt wieder zu Atem: »Ich habe gesagt ... Ich habe gedacht, dass es als Werbung dienen könnte. Da sie nichts gestohlen haben, dachte ich ... O mein Gott, meine Bilder!« Der Architekt, dieser Unglücksmensch, ist einer Ohnmacht nahe.

»Und die Pappalardo-Musikkassette, wo ist die?«

»Ich habe … Wir haben keine Musikkassetten. Also, wir haben nicht einmal einen Kassettenrecorder!«

»Und wie hat dann die liebe alte Dame, Ihre Mutter, *Die schönsten Liebeslieder von Andrea Pappalardo* gehört?«

»Also, meine Mamma, ja: Der haben Schlager sehr gut gefallen …«

»Und sie hat Musikkassetten gekauft! Die von Pappalardo, wo ist die geblieben?«

»Sie wird in ihrem Zimmer sein, bei den anderen …«

»Ich habe neulich nachgesehen: Sie ist nicht da! Wo ist sie geblieben?«

»Also … ich … Also, ich weiß es wirklich nicht. Ich erfahre erst jetzt davon.« Sie bricht in Tränen aus. Jetzt ist Vincenzo Letizia an der Reihe, der Gattin Trost zu spenden.

»Pech für Sie!« Sarti baut sich direkt vor dem Architekten auf: »Ich will die Vorladung der Kommune mit dem Plan vom historischen Zentrum! Sagen Sie mir ja nicht, dass Sie nicht wissen, wo sie ist …«

»Dieses Zeugs? Das ist in meinem Büro!«

»Warum haben Sie sie versteckt?«

»Ich habe sie nicht versteckt: Ich wollte ins Amt gehen, um nachzufragen, um was es sich gehandelt hat und warum sie meine Schwiegermutter einbestellt haben … Ich habe sie nicht versteckt.«

»Warum haben Sie das nicht vorher gesagt?«

»Sie … Sie haben mich nie danach gefragt.«

»Umso schlimmer für Sie!«

Sarti geht und knallt die Tür hinter sich zu. Er sagt zu Felice Cantoni: »Zum Atelier dieses … dieses Architekten. Aber dalli!«

Er tritt ein, sobald die Frau mit den Riesentitten ihm die Tür öffnet, und herrscht sie an: »Wo ist sie? Darf man erfahren, wo sie ist?«

Die Frau lässt ihn eine Zeit lang gewähren, dann tritt sie an ihn heran und fragt: »Kann ich Ihnen behilflich sein?«

»Zieh dich aus!«

Die Frau muss daran gewöhnt sein, weil sie nicht mit der Wimper zuckt und gleich anfängt, sich auszuziehen; sie beginnt mit den Schuhen. Kommissar Antonio Sarti wendet ihre Kleidungsstücke um, während sie eines nach dem anderen ablegt.

»Nein, nein!«

Nackt ist sie wirklich ein Phänomen: Ich bin mir sicher, dass sie in einem Jahrmarktszelt als Fette Spinne, Dicke Bertha oder Pralle Nixe das große Geld machen könnte. Sie könnte auch einfach nur die Frau mit den Riesentitten sein.

Kommissar Antonio Sarti wirft ihr die Kleider ins Gesicht und fragt: »Wo ist die Vorladung der Kommune mit dem Plan vom historischen Zentrum?«

»Ach, die?«

»Ja, die! Wo ist sie?«

»In meiner Handtasche. Warum sagen Sie nicht gleich, was Sie wollen?«

Der Kommissar ist wie vom Donner gerührt. Die Vorladung ist am naheliegendsten Platz der Welt: in der Handtasche der Sekretärin! Deshalb hat der Dieb sie nicht im Büro gefunden; deshalb hat er sie nicht in Vincenzo Letizias Tasche und auch nicht zwischen den Bildern versteckt gefunden.

Sarti Antonio setzt sich hin, entspannt sich, atmet so

kräftig durch, wie es ihm die Wunde auf der Stirn erlaubt, und fragt dann: »Warum ist sie bei dir?«

»Ich hätte beim Stadtbauamt vorbeigehen und um Auskünfte bitten sollen, doch dann habe ich es, bei dem ganzen Ärger, der passiert ist, verschwitzt und schlicht vergessen ...«

»Gib sie mir!«

Die Frau mit den Riesentitten kramt in ihrer Handtasche; sie kramt und kramt und läuft rot an. Sie sagt: »Sie ist nicht mehr da!«

»Das darf doch nicht wahr sein! Ihr wollt mich alle in die Klapsmühle bringen!«

Sarti läuft zum Fenster und ruft: »Cantoni! Cantoni! Komm herauf!«

Als Felice Cantoni hereinkommt, bleibt er wie versteinert auf der Türschwelle stehen – nicht wegen des Chaos, das ringsum herrscht, sondern wegen der nackten Frau mit den Riesenbrüsten. Er murmelt vor sich hin: »Mein Gott, was für ein Anblick!«

»Gib ihr eins aufs Dach!«

Hilfskommissar Felice Cantoni hat das nicht richtig verstanden. Er fragt: »Wie bitte?«

»Gib ihr eins aufs Dach! Gib ihr eins aufs Dach, weil ich dazu zu schwach bin!«

»Eins aufs Dach geben ... Ich ... ihr?«

»Wem denn sonst? Mir vielleicht?«

»Aber ... Aber das ist gegen die Vorschriften! Ich darf nicht ...«

Da heult die Nackte auf wie eine Sirene: »Ahhhh! Jetzt erinnere ich mich: Ich habe inzwischen die Handtasche gewechselt.«

Sarti Antonio steht mühsam auf, wirft ihr die Kleider zu, die auf dem Boden gelandet waren, und sagt: »Los, wir holen uns die Tasche.«

Sie fahren zur Wohnung der Sekretärin, mit eingeschalteter Sirene, sodass alle anderen ausweichen. Sie kommen an, gehen hinauf, öffnen, schließen, suchen, finden und machen die Tasche auf: Alle alles gleichzeitig! Sechshändig: ein einziges Chaos!

»Da ist sie!«

Kommissar Sarti Antonio dreht und wendet die Karte in den Händen und hofft, dass sie sich nicht vor seinen Augen in Luft auflöst. Er kann daran nichts Merkwürdiges entdecken, und auch nichts an dem Plan der Altstadt – nur die üblichen Symbole, Schraffuren, Farben und so weiter, die er schon allzu oft gesehen hat.

Er steckt alles in die Innentasche seiner Jacke. Er fragt: »Kennst du Andrea Pappalardo?«

»Nein! Wer soll das sein?«

»Ein Sänger: *Die schönsten Liebeslieder.*«

»Nie gehört. Kann ich jetzt zurück ins Büro?«

Kommissar Sarti Antonio geht davon, ohne ihr zu antworten. Er blickt immer noch nicht durch. Ich tue es auch nicht. Es bleibt nichts anderes übrig, als sich dieses verdammte Tonband anzuhören. Und das tut Sarti. Das heißt, wir tun es, denn jetzt bin ich wirklich neugierig, wie die Sache ausgeht.

Kinder, sind das vielleicht Schnulzen! Ich weiß, dass sich über Geschmack streiten lässt, aber das ist wirklich reines Schmalzgedudel. Und Kommissar Antonio Sarti besitzt den Heldenmut, das ganze Band zwei Mal ablaufen zu lassen: die erste Seite und die zweite. Die Frau im Plattenladen ist schon sichtlich genervt und beruhigt sich erst, als Kommissar Antonio Sarti ihr seinen Ausweis zeigt und erklärt: »Ich bin nicht zum Vergnügen hier, sondern dienstlich!«

Die Frau kapiert nicht, was das denn für ein Dienst sein soll, aber sie lässt das Band ein zweites Mal bis zum Ende laufen.

Wir – ich, Felice und Sarti – gehen, total groggy: Was wir jetzt brauchen, ist ein gesunder Nachtschlaf, ein Schlaf ohne Albträume und ohne Pappalardo.

Ein letzter Liebes-Kuss …

Das Aufwachen ist wie immer. Zumindest für mich. Für Kommissar Sarti Antonio ist es angenehmer, auch wenn es durch das Schrillen des Telefons ausgelöst wird.

»Ciao, hier ist Antonietta.«

Er verspürt einen Stich in der Magengrube: Antonietta ist ihm die ganze Zeit nicht aus dem Kopf gegangen.

Er fragt: »Wie viel Uhr ist es?«

»Zehn. Bist du noch im Bett?«

»Nein. Du hast schon eine Weile nichts von dir hören lassen … Ich dachte schon, ich passe nicht mehr in dein Programm.«

»Ich weiß, tut mir leid.«

Sarti Antonio versucht, distanziert zu klingen, aber er weiß, dass ihm das nicht richtig gelingt.

»Oder ist er zurückgekommen, und du brauchst mich nicht mehr?«

»Ich wollte fragen, ob es Neuigkeiten …«

»Du rufst mich nur wegen Neuigkeiten an? Ich habe keine!«

Am anderen Ende folgt eine kleine Schweigepause. Dann: »Das stimmt nicht! Ich wollte dich besuchen: Es ist Sonntag, und wir könnten uns auch treffen, wenn du willst.«

»Ich will schon. Aber von ihm sprechen wir nicht …«

»Einverstanden. Wo?«

»Ich komme zu dir…«

Sie lässt ihn nicht ausreden. Sie fällt ihm heftig ins Wort: »Nein, nein! Ich komme lieber zu dir.«

Sie legt auf, ohne noch etwas hinzuzufügen.

Sie erscheint gegen Mittag und ist betroffen, als sie das Pflaster auf Sarti Antonios Stirn sieht. Sie erkundigt sich: »Wie ist das passiert?«

»Mein Scheißberuf! Jetzt geht es schon besser. Wieso hast du nichts von dir hören lassen?«

»Ich hatte viel zu tun…«

Antonietta duftet nach Parfüm; sie ist schön, sie ist knackig, sie ist ganz Frau, wie immer, und Kommissar Sarti Antonio würde ein schönes Stück von seinem Gehalt hergeben, damit sie nur ja nicht von Gastone Grossi anfängt. Auch weil er nicht wüsste, was er ihr antworten sollte. Und sie erwähnt ihn mit keinem Wort. So könnte es einer jener Tage werden, die einem lange im Gedächtnis bleiben… Voller Ruhe, Wärme und Zärtlichkeit.

Er hat das Gefühl, schon immer mit ihr zusammen gewesen zu sein; er hat das Gefühl, sie seit jeher zu kennen; er hat das Gefühl, alles über sie zu wissen; er hat das Gefühl, dass er sie niemals weggehen sehen muss; er hat das Gefühl, glücklich zu sein…

Zumindest so lange, wie sie in seiner Nähe ist.

Er denkt Jahre zurück. Wie viele? All jene, die ihn, wie er glaubt, von heute trennen; aber es war nicht wahr. Weil er in seinem Inneren (wo, weiß man nicht genau) das wachsen fühlt, was seit allzu langer Zeit tot war. Diese Frau ist keine Leihgabe: Sie ist auf Dauer; sie ist die Seine.

Und er kann die Augen schließen und ein vergangenes Leben leben, das irgendwo geblieben ist.

Als würde man sich auf einen Traum einlassen und sich plötzlich erinnern, ihn schon einmal geträumt zu haben.

»Ich hab dich lieb.«

Das bedeutet nichts.

»Ich dich auch!«

Das bedeutet nichts.

Dann: »Erinnerst du dich an mich?«

»An dich? Wann?«

»Ich weiß nicht! Irgendwann einmal …«

Das bedeutet nichts.

»Ich glaube, mich zu erinnern. Es war ein Tag wie heute, aber es war nicht hier …«

Ist es möglich, dass das nichts bedeutet?

Er verliert sich im Gewirr ihrer Haare, mit dem Gesicht, mit der Seele …

Als sie geht (es ist Abend), hat er das Gefühl, dass sie nie mehr neben ihm zittern wird: An die Tür gelehnt, schon im Weggehen, streift sie mit geschlossenen Lippen seinen Mund.

Leise: »Addio.«

Ihre Wangen, ihre Augen, ihr Hals und ihr Mund sind ein langes, ein zartes, ein zärtliches Addio.

Eine kurze Zusammenfassung

Jetzt bleibt ihm eigentlich nichts anderes übrig, als bei der Polizei seinen Abschied als Kommissar einzureichen.

Er hat Rosas alles erzählt, und jetzt erwartet er den Rest von ihm; er weiß, dass dieser Rest kommt; Rosas ist nun einmal so, und er kann ihn nicht enttäuschen! Aber Rosas setzt seine Pfeiferei fort, und zwar mit geschlossenen Augen.

Schließlich hebt er den Kopf, um etwas zu sagen. Und das Orakel spricht: »Fassen wir mal zusammen: Die Leiche hatte, bevor sie eine solche wurde, einen Umschlag in der Hand, der, nehmen wir mal an, die fünfhundertachtzigtausend Lire enthielt, die für irgendjemand bestimmt waren. Dieser ›Jemand‹ kommt, versetzt der Alten Schläge auf den Kopf, bis der Tod sie ereilt, und sackt das Geld ein. Er leert den Inhalt der Handtasche auf den Boden, weil er nach etwas sucht: nicht nach Geld, denn das hat er ja bereits. Dann verschwindet er mit dem Geld und einer Musikkassette. Ohne die Hülle: nur mit dem bespielten Tonband. Du findest im Haus der Alten eine Vorladungskarte der Stadt und einen Plan vom historischen Zentrum …«

»Das ist alles!«

Rosas steht auf und nimmt etwas aus einem Buch. Er

reicht es Kommissar Sarti Antonio und sagt: »Da, schau mal!«

Er streckt ihm eine Vorladungskarte hin.

Sarti Antonio betrachtet seine Karte und dann die, die Rosas ihm übergeben hat.

»Sie sind verschieden«, bemerkt Rosas.

Sarti studiert beide. Er bestätigt: »Sie sind verschieden: Auf der von Imelde Scampini klebt eine Briefmarke. Auf deiner ist ein Stempel der Stadt und keine Briefmarke.«

»So ist es! Meine hat die Kommune verschickt, die von Imelde Scampini hat ›Jemand‹ abgeschickt und dabei vorgetäuscht, sie käme von der Gemeinde. Deshalb gibt es in der Akte, die du im Stadtbauamt, bei Polacchi, gesehen hast, nur eine Notiz über die Versendung einer einzigen Vorladung, und zwar vor über zwei Jahren: Das heißt, als das Stadtbauamt mit den Vorbereitungen zum Planfeststellungsverfahren für das historische Zentrum begonnen hat. Diese hier wurde dagegen eine Woche vor dem Tod der Alten datiert ...«

»Hier ist der Stempel von Polacchi ...«

»Das will nichts heißen. Jeder kann ›Verm.-ing. Polacchi Franco‹ stempeln, auch der Architekt Vincenzo Letizia, auch Loriano Macchiavelli, Verfasser von Theaterstücken und Kriminalromanen, auch Angela Scampini ... Du selbst bist doch in seinem Büro gewesen, allein, über eine Stunde lang, und hast herumkramen können, ohne dass irgendjemand dich gestört hätte. Fest steht, dass dieser ›Jemand‹ auf jede erdenkliche Weise versucht hat, diese Unterlagen zurückzubekommen. Dazu hat er Vincenzo Letizias Büro auf den Kopf gestellt, ihn überfallen, die Bilder auf dem

Dachboden zerstört ... ›Jemand‹ hat die Vorladungskarte und den Plan überall gesucht, nur nicht bei Imelde Scampini zu Hause, wo es logisch gewesen wäre, sie zu suchen. Wer wusste, dass sie von dort verschwunden war?«

Kommissar Sarti Antonio bekommt glänzende Augen. Er hat das Gefühl, jetzt durchzublicken. (Ich nicht.) Er lächelt und antwortet: »›Jemand‹ hat es gewusst.«

»Genau, dieser ›Jemand‹ wusste auch, dass die Vorladungskarte samt dem Plan des historischen Zentrums nur in Letizias Büro oder in seiner Tasche sein konnte. Und außerdem wusste er, dass die Bilder auf dem Dachboden des ehemaligen Bordells versteckt waren.«

Kommissar Antonio Sarti grübelt ein bißchen darüber nach. Dann fragt er: »Aber zu welchem Zweck? Und warum musste er die Alte kaltmachen?«

Rosas hält ihm den Plan vom historischen Zentrum unter die Nase, der an die Vorladung angeheftet war; dann holt er den anderen Plan, den, den er ihm schon vor ein paar Tagen gezeigt hat. Er sagt: »Sie sind verschieden.«

Kommissar Sarti Antonio begreift nicht viel von diesem ganzen Gewirr aus Symbolen, die ihm alle gleich vorkommen. Rosas zeigt auf die Via dell'Unione, und Kommissar Sarti Antonio sieht den Unterschied: Auf einem Plan (dem von Rosas) sind sämtliche Gebäude in der Via dell'Unione schwarz gefärbt; auf dem anderen (dem der Alten) sind zwei Gebäude weiß.

Rosas fährt fort: »Also: Die beiden weißen Gebäude sind die Nummer 1 und die Nummer 31... Das bedeutet, dass sie nicht in den Enteignungsplan aufgenommen sind. Die einzigen Bauten in der ganzen Straße. Der Eigentümer besitzt ein Vermögen...«

»Der Architekt Vincenzo Letizia besitzt also ein Vermögen!«

Aber Rosas ist noch nicht fertig. Er fährt fort: »Ja. Nur dass dieser Plan gefälscht ist: Der richtige, der genehmigte, ist der andere. ›Jemand‹ hat der Alten einen Plan gezeigt, dem zufolge ihre Häuser nicht enteignet werden sollten …«

Kommissar Sarti Antonio glaubt, begriffen zu haben. Der Glückliche! Vielleicht seid auch ihr mitgekommen. Was mich anbelangt, so bleibt mir nichts anderes übrig, als mich an seine Fersen zu heften, um zu sehen, wie die Sache ausgeht.

Sarti steht auf und ruft aus: »Es ist alles klar! Und ich glaube auch zu wissen, wo sich die vier Gammler verstecken, die aus der Krypta des Theaters verschwunden sind.«

Er geht.

Als Erstes geht er am *Sanleonardo* vorbei und trifft dort den mit den Krimis an. Er sagt zu ihm: »Du kommst mit, mein Hübscher. Mein Chef hat etwas mit dir zu bereden!«

Sie gehen hinaus, und er lässt den Typ neben Felice Cantoni in Wagen 28 Platz nehmen.

Dann nimmt er das Mikrofon: »Wagen 28 an Zentrale – kommen! Schickt einen Wagen in die Via San Vitale 63, zum Theater *Sanleonardo*. Dringend! Ich warte hier. In der Zwischenzeit verbindet mich mit Hauptkommissar Raimondi.«

Es vergehen einige Minuten.

»Hier Raimondi Cesare!«

»Rühren Sie sich nicht aus dem Büro! Ich bringe Ihnen das Früchtchen. Ich bin gleich da.«

Er legt auf. Nach drei Minuten trifft Wagen 36 ein – mit zwei Polizisten an Bord und mit voll aufgedrehter Sirene.

Sarti brüllt aus dem Fenster von Wagen 28: »Fahrt hinter mir her!« Und zu Felice Cantoni: »In die Via Irnerio. Zu Vincenzo Letizia.«

Wagen 28 nimmt eine neue Ladung auf: Vincenzo Letizia und seine Frau Gemahlin. Und jetzt sind es drei.

»Zu mir nach Hause!«

Hilfskommissar Felice Cantoni verzieht keine Miene. Er kapiert nichts, aber er verzieht keine Miene. Er führt Befehle aus.

Bei sich zu Hause angelangt, brüllt Kommissar Sarti Antonio, bevor er in seinen Ottoecinquanta springt, noch: »Fahrt hinter mir her!«

Und er prescht los wie selten, fest entschlossen, die ganze Geschichte bis zum Abend zum Abschluss zu bringen. Keine Kolitisattacken, keine Sehnsucht nach der Toilette …

Er kommt bei Antonietta Carioli an und steigt eilends die Treppe hoch.

Er läutet. »Ciao.«

Sie ist sehr überrascht, und ich würde sagen, auch ein wenig erschrocken. Tatsächlich läuft sie rot an. Sie sagt: »Ich komme gleich, warte da auf mich!«

Sarti hört nicht auf sie: Er schiebt sie zur Seite und geht hinein.

Dort trifft er sie alle vier an – vor dem laufenden Fernseher sitzend: Italien spielt gegen Argentinien!

Er sagt: »Tut mir leid, aber ihr müsst das Ergebnis morgen in der Zeitung nachlesen. Jetzt kommt ihr mit mir!«

Keiner tut einen Muckser – vielleicht auch deshalb, weil

die Polizisten zu dritt und bewaffnet sind. Sartis Ton ist entschieden, und es gibt keine Widerrede. Die vier gehen, einer nach dem anderen, an Antonietta Carioli vorbei, die immer noch wie versteinert auf der Türschwelle steht.

Sarti Antonio sagt zu ihr: »Also deswegen wolltest du nicht, dass ich zu dir komme! Also deswegen hast du am Telefon so schnell gesagt: ›Nein, nein! Bei dir ist es besser …‹, und hast aufgelegt, ohne auch nur abzuwarten, bis ich ›In Ordnung‹ gesagt habe. Also deswegen hast du dich hin und wieder gemeldet: Es hat dir in den Kram gepasst zu erfahren, in welcher Klemme ich gesessen habe, wie weit die Ermittlungen gediehen waren und ob sie noch ruhig schlafen konnten, deine vier Gammler! Sie bei dir zu verstecken ist eine gute Idee gewesen: Ich wäre nicht im Traum darauf gekommen, sie hier zu suchen, wenn du nicht so leichtsinnig gewesen wärst …«

Er wartet einen Augenblick und sieht ihr eindringlich ins Gesicht. Und er endet: »Du kommst auch mit!«

In den Autos sind es jetzt acht. Ich bin verblüfft über die ganze Betriebsamkeit, und es hat den Anschein, als wäre es damit noch nicht zu Ende:

»Zum Palazzo Comunale!«

Und das Karussell dreht sich erneut. Es ist urkomisch: ein Ottoecinquanta zwischen zwei Polizeiwagen mit heulenden Sirenen! Eine wirklich kuriose Kolonne.

Im Eiltempo die Treppen im Rathaus hinauf, dann ins Büro von Polacchi: »Ich hätte gern, dass Sie mitkommen, damit Sie meinem Chef gegenüber ein paar Dinge bestätigen können. Macht es Ihnen etwas aus? Danach werde ich Sie nicht mehr belästigen.«

Der andere ist immer noch so elegant wie am ersten

Tag, spricht mit seiner ausgebildeten Schauspielerstimme, mit dem weichen »S«, absolut nicht wie einer aus der Emilia. Er sagt: »Ich muss erst meine Vorgesetzten um Erlaubnis bitten.«

Er geht aus dem Büro und lässt Kommissar Sarti Antonio allein zurück, der, um die Zeit totzuschlagen, ein bisschen in den Akten blättert, ein paar Schubladen aufzieht und sich da und dort umsieht: Die Leidenschaft des Ermittlers lässt ihn eben nie los.

Polacchi Franco kommt zurück, lächelnd, und sagt: »Gehen wir, ich stehe zu Ihrer Verfügung.«

Sarti lässt ihn in den Ottoecinquanta einsteigen: eine Respektbezeugung. Er wirft ihn nicht mit den Delinquenten in einen Topf.

Offenbar sind jetzt alle an Bord, denn die nächste Station ist das Polizeipräsidium.

Kommissar Sarti Antonio wartet an der Tür, kontrolliert sie der Reihe nach und sagt: »Folgt mir!«

Eine Schlange, bestehend aus neun Individuen: von den Gammlern bis zum Architekten, von dem abgerissenen Typ mit seinen Kriminalromanen zum makellosen Bausachbearbeiter der Stadt Bologna. Und allen voran, über die T reppen und durch die Korridore des Polizeipräsidiums: Kommissar Sarti Antonio!

Und hinter allen, als Schlusslicht der Kolonne, Hilfskommissar Felice Cantoni, der, wie ich, immer noch nicht weiß, was da gerade vor sich geht.

Sarti klopft bei Hauptkommissar Raimondi Cesare an und tritt ein, ohne das »Herein!« abzuwarten.

Er sagt zu den anderen, draußen: »Bitte, treten Sie ein.«

Einer, zwei, drei, vier …

Hauptkommissar Raimondi Cesare zählt sie, während sie das Büro betreten. Als der Letzte drin ist, winkt er Sarti zu sich heran. Er fragt ihn leise: »Was wollen die?«

»Ich habe Ihnen das Früchtchen gebracht!«

»Sie haben mir einen ganzen Obstgarten gebracht!«

Die Stühle reichen nicht für alle, und so bleiben sie stehen und warten: Irgendetwas muss ja passieren. Und tatsächlich passiert etwas.

Kommissar Sarti Antonio beginnt mit der Vorstellung:

»Diese vier: Gastone Grossi, Michele Spinola, Filippo Coco, Andrea de' Cerchi …«

Beim letzten Namen neigt Hauptkommissar Raimondi Cesare den Kopf zum Gruß, ohne sich dessen bewusst zu werden …

»… Antonietta Carioli. Sie hat sie in ihrer Wohnung versteckt … Herr Vermessungsingenieur Polacchi Franco, Bausachbearbeiter der Kommune: Er wird uns einige Auskünfte erteilen. Loriano Macchiavelli, Verfasser von Theaterstücken und Kriminalromanen: Er hat als Letzter die verstorbene Imelde Scampini lebend gesehen. Vincenzo Letizia, Architekt, Maler, Bildhauer und Vortäuscher von Einbrüchen sowie Kranker nach Belieben. Dessen Gemahlin und zugleich die Tochter der Verstorbenen: Angela Scampini, verheiratete Letizia. Ich glaube, das sind alle.«

Er hat beschlossen, einen Coup zu landen. Deshalb setzt er sich auf den einzigen verfügbaren Stuhl und wartet. Alle warten.

Nachdem Hauptkommissar Raimondi Cesare die neun Individuen der Reihe nach studiert und Sarti Antonio eine Weile scharf angesehen hat, fragt er schließlich: »Und was jetzt?«

Sarti Antonio erhebt sich. Wie er es in einigen Filmen gesehen hat, mustert er nun die Gruppe und donnert los: »Jetzt berichte ich hier Hauptkommissar Raimondi Cesare, wie sich die Dinge abgespielt haben: Jeder von Ihnen muss, wenn es um ihn geht, entweder nur nicken oder mich widerlegen.«

Er wartet einen Augenblick ab, ob ihn auch alle richtig verstanden haben, und fährt dann fort: »Die verstorbene Imelde Scampini erhält, eine Woche bevor sie durch Hammerschläge auf den Kopf ihr Leben lässt, von der Stadt die vorliegende Vorladungskarte.«

Er reicht sie Polacchi Franco, dem hochachtbaren Sachbearbeiter, der sie zwischen den Händen herumdreht und erklärt: »Diese Karte wurde nicht von der Stadtverwaltung abgeschickt; das beweist die Briefmarke. Und ich habe sie auch nicht abgestempelt, obwohl mein Stempel darauf ist.«

»Wie erklären Sie das?«

»Ich weiß es nicht. Aber jeder kann in mein Büro gehen, eine Karte nehmen, die auf meinem Schreibtisch liegt, einen Stempel draufdrücken, der ebenfalls auf dem Schreibtisch liegt, hinausgehen, eine Briefmarke kaufen und die Karte abschicken. Auch Sie, lieber Herr Kommissar, haben ein bisschen in meinem Büro herumgekramt, ohne dabei gestört worden zu sein.«

Kommissar Sarti Antonio geht über den zweiten Teil dieser Einlassung hinweg und fragt: »Aber warum sollten die das getan haben?«

»Das weiß ich nicht. Das weiß ich wirklich nicht.«

»Und Sie, wissen Sie es?«, fragt Sarti Vincenzo Letizia.

»Woher soll ich das wissen? Sie kommen in meine Wohnung, schleppen mich zum Polizeipräsidium, als wäre ich ein Dieb … Und dann auch noch meine Frau! Was soll ich schon wissen?«

Hauptkommissar Raimondi Cesare hat in seinen vielen Dienstjahren mindestens eines gelernt: Nur keine Eile! Niemals! Er wird schon noch hinter alles kommen!

Kommissar Sarti Antonio fährt fort: »Ist es nicht möglich, dass jemand mit der alten Dame über die beiden Häuser in der Via dell'Unione reden wollte, die sich in ihrem Besitz befanden?«

Und darauf Polacchi Franco: »Das glaube ich nicht. Die Sache ist bereits seit mehr als einem Jahr entschieden …«

Sarti Antonio: »In welchem Sinne entschieden?«

Polacchi Franco: »So, wie für die gesamte Via dell' Unione: Enteignung.«

Und Sarti Antonio: »Nein, eben keine Enteignung! Die beiden Gebäude, die Nummer 1 und die Nummer 31, sind, im Gegensatz zu allen anderen Häusern in der Straße, von der Enteignung ausgenommen.«

Polacchi Franco: »Sie sind nicht bei Sinnen!«

Kommissar Sarti Antonio entfaltet auf Raimondi Cesares Schreibtisch den Plan von der Altstadt und deutet auf die beiden kleinen weißen Vierecke.

Polacchi Franco staunt Bauklötze. »Das ist nicht möglich! Dieser Plan … dieser Plan ist gefälscht!«

»Ist das möglich?«

Und Polacchi Franco: »Das ist möglich: Es genügt, Lichtpausen anzufertigen, darauf die dunklen Markierungen, mit denen die Enteignung angezeigt wird, wegzukratzen und dann neue Kopien herzustellen … Solche wie diese hier. Es ist möglich.«

»Und Sie, Herr Architekt, was sagen Sie dazu?«

»Woher soll ich das wissen? Und warum fragen Sie immer mich? Wir sind hier zu neunt, würde ich meinen!«

»Weil Sie Architekt sind und sich in diesen Dingen auskennen müssen ... Sie wissen, wie man einen Plan fälscht.«

Langsam wird die Geschichte auch für Hauptkommissar Raimondi Cesare interessant, der sich auf seinem Sessel entspannt und die Augen halb geschlossen hält. Er lächelt sogar, selig. Er sagt: »Fahren Sie ruhig fort, mein lieber Sarti, gewissermaßen, fahren Sie ruhig fort.«

»Ich bin gleich fertig. ›Jemand‹ hat der lieben alten Dame vorgegaukelt, man könne, gegen entsprechendes Entgelt, ihre beiden geliebten Immobilien in der Via dell'Unione aus dem Enteignungsplan herausnehmen. Zu diesem Zweck hat unser Mann der Signora Imelde Scampini den falschen Plan vorgelegt, den ich Ihnen gezeigt habe. Sie ist darauf hereingefallen, weil sie ihr Ex-Bordell zu sehr geliebt hat: Schließlich hat sie dort ihr ganzes Leben zugebracht! Deshalb ist sie an jenem Abend weggegangen, ohne jemandem Bescheid zu sagen, um ihrem lieben Freund die vereinbarte Summe zu bringen: fünfhundertachtzigtausend Lire. Gibt es einen ruhigeren, weniger frequentierten Ort als das geliebte Gebäude in der Via dell'Unione? Und jetzt kommt der Typ mit den Krimis ins Spiel. In der Tat kommt dieser Typ – korrigiere mich, wenn ich mich irre – in der Via dell'Unione vorbei und sieht, dass die Tür nur angelehnt ist. Er tritt ein und sieht die alte Dame mit einem Kuvert in der Hand. Stimmt's?«

Der »Krimi« nickt.

»Signora Imelde Scampini hat jedoch keine Zeit für den

Eindringling und verabschiedet ihn rüde: Sie erwartet ihren Freund, der dann auch kommt. Sie überreicht ihm sein Entgelt und will ihn gleich wieder wegschicken. Aber man weiß ja, dass der Appetit beim Essen kommt: Dem Typ fällt ein, dass man aus der Goldgrube noch mehr herausholen könnte. Und er sagt ungefähr: ›Liebe Signora, unser Freund, der uns geholfen hat, den Bebauungsplan zu ändern, musste Leute bezahlen und bittet deshalb um eine Spesenbegleichung von weiteren fünfhunderttausend Lire.‹ Ist das richtig?«

Er hält inne und blickt sie der Reihe nach an. Keine Reaktion.

»Viele von Ihnen können das nicht wissen. Ich fahre fort: Die alte Dame, die schließlich auch nicht auf den Kopf gefallen ist, wittert eine Erpressung und findet sofort einen Ausweg aus der Situation. Sie erinnert sich, dass sie am Nachmittag bei Borsari & Sarti eine Musikkassette gekauft hat: Sie hat eine Schwäche für Liebeslieder. In ihrem Zimmer liegt ein ganzer Stapel, aber alle stecken in ihrer Hülle. Sie greift also in die Handtasche, nimmt die Kassette aus der Hülle (dabei lässt sie die Hand in der Tasche, denn an der Hülle würde man ja sofort erkennen, dass es sich um eine Musikkassette handelt) und wedelt damit vor der Nase unseres Mannes herum. Sie sagt ungefähr Folgendes: ›Lieber Freund, hier sind sämtliche Gespräche aufgezeichnet, die wir während unserer bisherigen Treffen geführt haben. Wenn du nicht auf der Stelle verschwindest, zeige ich dich an wegen Beihilfe zur Urkundenfälschung, Wahrnehmung privater Interessen bei Amtshandlungen, Amtsunterschlagung und so weiter …‹ Der Kerl begreift, dass er zu weit gegangen ist, und um sicherzugehen, greift er nach dem erstbesten Gegenstand, einem Hammer, den die Alte zum Verriegeln der Tür benutzte, und macht sie kalt. Deshalb habe ich also, nur wenige Meter entfernt, keine Schreie gehört: Sie hat es nicht mehr geschafft zu schreien. Unser Freund nimmt das Geld und die Kassette … Ich hätte gern sein Gesicht gesehen, als er gemerkt hat, dass *Die schönsten Liebeslieder von Andrea Pappalardo* darauf waren, und nicht die Mitschnitte ihrer Treffen. Das hätte ich wirklich gern gesehen! Er hat für eine Kassette, die dreitausend Lire kostet, einen Mord begangen! Vielleicht hat er sie auch behalten, diese Kassette, als er gemerkt hat, wie viel er dafür bezahlt hat! Warum hätte er sie denn wegwerfen sollen? Er sucht die Vorladungskarte und den falschen Plan der Altstadt: besser, keine kompromittierenden Spuren zu hinterlassen. Deshalb kippt er den Inhalt der Tasche auf den Boden. Aber er findet sie nicht. Draußen macht die Polizei inzwischen Jagd auf diese vier Dummköpfe hier, sodass unser Mann es für angebracht hält, sich aus dem Staub zu machen. Er geht und lässt die Tür offen, weil man, um sie zu schließen, den Schlüssel braucht. Und so kommt es, dass unsere vier Gammler außer der offenen Tür auch eine soeben mit einem Hammer traktierte Leiche vorfinden, die schlaff auf einem roten Sesselchen sitzt. Wenn ich etwas Falsches sage, korrigiert mich ruhig, liebe Leute.«

Kommissar Sarti Antonio hat eine ganze Weile ohne Pause gesprochen, sodass er jetzt meint, er könne sich ausruhen. Die vier halten die Luft an: Sie schauen ihn an und warten.

Aber Raimondi Cesare gönnt Sarti keine Pause.

Er fragt erneut: »Und was jetzt?«

»Das war alles. Der Kerl hat überall weiter nach dem Plan und der Vorladungskarte gesucht: im Atelier unseres Architekten, in dessen Tasche, hinter den Bildern … Eine einzige Person, außer meiner Wenigkeit und Rosas, hat gewusst, dass die Vorladungskarte samt Plan nicht mehr im Hause von Vincenzo Letizia war. Und ich war es, der es ihr verraten hat! Eine einzige Person, außer meiner Wenigkeit und Rosas, hat gewusst, dass die ›gestohlenen‹ Bilder sich auf dem Dachboden in der Via dell'Unione Nummer 1 befanden. Das hatte Rosas verraten. Eine einzige Person ergötzt sich an Liedern auf Musikkassetten, und eine einzige Person hat ein Band mit den *Schönsten Liebesliedern von Andrea Pappalardo* ohne die dazugehörige Hülle. Und der Herr Hauptkommissar Raimondi Cesare kann das erwähnte Band im Büro unseres Freundes im Palazzo Comunale finden.«

Jetzt endlich ist auch bei mir der Groschen gefallen. Und auch bei Polacchi Franco, der plötzlich nicht mehr so elegant ist wie zuvor: Er schwitzt, er ist bleich, und er entwickelt sogar einen seltsamen Tick: Er zuckt pausenlos mit dem linken Lid und hebt gleichzeitig die Oberlippe an, immer den linken Mundwinkel. Auch seine Stimme ist nicht mehr wie früher: Sie ist dünn wie die eines Schwulen, und er schleift ein wenig das »S«, genau wie jemand, der unter den beiden Türmen geboren und aufgewachsen und ein waschechter Bolognese ist.

»Aber … Aber was behaupten Sie denn da? Das sind alles … Das sind alles … Natürlich habe ich Kassetten! Alle haben welche: Auch der Herr Hauptkommissar, darauf möchte ich wetten …«

»Nein, ich besitze wirklich keine!«

Kommissar Sarti Antonio beruhigt ihn: »Alle haben wir Kassetten, selbstverständlich! Aber unsere sind komplett, mit Hülle, weil man sie so kauft. Du dagegen hast in der Eile, weil du dich schleunigst aus dem Staub machen wolltest, vergessen, die Hülle mitzunehmen. Und du hast sie sogar aufbewahrt, diese Kassette, nachdem du gemerkt hast, dass Lieder darauf waren. Das war dein Fehler: Du hättest sie verbrennen, ins Klo werfen, sie sonst wie loswerden sollen, weil wir auf dieser Kassette auch die Fingerabdrücke der alten Dame finden werden.«

Polacchi Francos Lid zuckt immer schneller.

Hauptkommissar Raimondi Cesare erhebt sich zufrieden von seinem Stuhl hinter dem Schreibtisch.

Mit einem Zeichen winkt er Sarti Antonio noch einmal zu sich und flüstert ihm zu: »Und all die anderen, gewissermaßen, was mache ich mit denen?«

Leise erwidert Kommissar Sarti Antonio: »Wenn es nach mir ginge, würde ich sie alle einbuchten!«

»Tatsächlich? Und wie lautet die Anklage?«

»Bei diesen vieren, dass sie das Auffinden einer Leiche, eines Mordopfers, nicht angezeigt haben, dass sie eine Zeugenaussage unterlassen haben und es meiner Wenigkeit gegenüber an Respekt haben fehlen lassen. Vincenzo Letizia und seine Frau Gemahlin wegen Vortäuschung einer Straftat. Signorina Antonietta Carioli, weil sie die Gesuchten versteckt hat. Den Vermessungsingenieur Polacchi Franco wegen …«

Hauptkommissar Raimondi Cesare unterbricht ihn: »Das weiß ich selbst.«

Bleibt noch der Typ mit den Krimis, der sich erkundigt: »Kann ich jetzt gehen?«

Kommissar Sarti Antonio geht auf ihn zu. Er sagt: »Wenn es von mir abhängen würde, sollte man dich im Auge behalten: Du scheinst nicht ganz bei Trost zu sein.«

Sarti grinst ihm ins Gesicht und geht hinaus: in die Bar. Ein guter Espresso ist genau das Finale, das er jetzt braucht.

Und den spendiere ich ihm.

... und ein ganz kurzes Nachwort

Wir sitzen unter den Arkaden, an dem kleinen Tisch in der Bar, gegenüber vom Polizeipräsidium, und sehen sie der Reihe nach herauskommen: Die warme Sonne eines Frühlings, der sich verheißungsvoll anlässt, dringt uns in die Knochen und vertreibt die Feuchtigkeit des Winters. Auf dem Boden des Espressotässchens nehmen die nicht aufgelösten Zuckerkristalle eine dunkle Färbung an.

Vincenzo Letizia, Archimalbildhauer: Ernst, gesenkten Hauptes, überlegt er vielleicht, was er mit dem Erlös von zwei enteigneten Immobilien anfangen kann. Oder er denkt darüber nach, wie er seine Schulden bezahlen wird... Die Frau Gemahlin, Angela Scampini, verheiratete Letizia, hängt an seinem Arm: Sie trauert sichtlich um ihre verstorbene Mutter... Sie sieht sich um und erblickt uns, die wir in der Bar sitzen. Sie deutet ein Lächeln an und gibt dem Künstler einen kleinen Stoß in die Rippen: Dieser hebt den Kopf und sieht zu uns herüber wie ein geprügelter Hund: Er lächelt Kommissar Sarti Antonio an, aber nur mit den Lippen. Das übrige Gesicht hat weiter den Ausdruck eines geprügelten Hundes. Der Nächste ist der Typ mit den Krimis: Er hebt den Arm, ruft uns ein »Hallo!« zu und geht seines Weges, als wäre nichts geschehen. Tatsächlich glaube ich, dass ihn von der ganzen Geschichte nur jener Teil interessiert, der mit der Vermietung des Zimmerchens in einem ehemaligen Puff in der Via dell'Unione Nummer 1 zu tun hat. Jetzt muss er zu seiner Franca: Er hat ihr eine Wahnsinnsgeschichte zu erzählen …

Gastone Grossi, Michele Spinola, Filippo Coco und Andrea de' Cerchi: Jeder hat seine eigenen Probleme. Sie kommen heraus, der Reihe nach, wie Indianer auf dem Kriegspfad, und halten nach Freunden Ausschau, vor dem Tor, in der Hoffnung, nicht erkannt zu werden. Sie gehen in vier verschiedene Richtungen: Nach so langer Gemeinsamkeit suchen sie jetzt eine Einsamkeit, die ihnen hilft, sich von den Erinnerungen an eine böse Nacht zu befreien. Und sie gehen ihrer Wege, ohne ein Wort, ohne auch nur die Andeutung eines Grußes auszutauschen …

Zuletzt Antonietta Carioli, auf sie hat Kommissar Sarti Antonio gewartet. So sehr hat er auf sie gewartet, dass er aufsteht, ihr entgegengeht und mich am Tischchen der Bar unter den Arkaden allein sitzen lässt.

Sie sehen sich an, und Antonietta lächelt als Erste. Ich weiß nicht, was sie sagen, aber sie unterhalten sich angeregt, mit leiser Stimme. Dann gehen sie auseinander – er nach rechts, sie nach links: Sie haben sich nicht einmal berührt. Sie hatten Angst …

Kommissar Sarti Antonio dreht sich um, bevor er um die Ecke geht, und ruft mir zu: »Auf Polacchi Franco brauchst du nicht zu warten! Der geht über den Hinterausgang zum Polizeiwagen!«

Seine Stimme klingt erstickt – so, als hätte er einen Kloß im Hals.

»Mach's gut!«

Das wünsche ich ihm auch.

PIPER ORIGINAL

Margherita Oggero

Espresso mit Todesfolge

Kriminalroman. Aus dem Italienischen von Christiane von Bechtolsheim. 352 Seiten. Klappenbroschur

Italien, das Heimatland der Casanovas und der Commissarios – und was ist, wenn der Tod eine Frau ist? »Der italienische Kriminalroman hat seine Meisterin gefunden«, befand RAI über Margherita Oggero, die Grande Dame unter den italienischen Krimiautoren. Mit charmanter Raffinesse, ironischem Humor und jeder Menge Lebenserfahrung lässt sie ihre Ermittlerin Camilla Baudino in den Kreisen des Turiner Verbrechens für Wirbel sorgen. Denn die weibliche Seele ist unergründlich, auch wenn es die der besten Freundin ist. So wird Camillas samstägliches Shoppingvergnügen mit der ihr so vertrauten Dora zum tödlichen Abenteuer. Und sie beginnt zu ahnen, dass die Gute neben all ihren Vorzügen ein dunkles Geheimnis und ein mörderisches Schicksal zu bieten hat. Ein Wettlauf mit der Zeit beginnt.

04/1067/01/L

Giorgio Todde
Die toten Fischer von Cagliari

Ein historischer Sardinien-Krimi. Aus dem Italienischen von Susanne Van Volxem. 256 Seiten. Klappenbroschur

Sardinien, 1854: Hitze und Staub liegen schwer auf der Insel. Hunger und Malaria bedrohen vor allem die armen Einwohner der Hauptstadt Cagliari. Nur einer von ihnen kann sein Glück nicht fassen, hat er doch in einem Fisch, den er verspeiste, einen wertvollen Ring gefunden. Doch dauert die Freude nicht lange an, denn wenig später ist der arme Tàtano tot und der Ring verschwunden. Noch ahnt niemand, daß dies erst der Beginn des Grauens ist, das Sardinien heimsucht. Einzig der junge Efisio Marini wagt es, düstere Spuren zu ergründen, und stört dabei die, die Schlimmes zu verbergen haben.

»Geschichte und Wind, Sonne und Verbrechen, Poesie und Archaik: Das ist die Welt von Giorgio Todde, ein Sardinien, gehauen aus der Zuneigung eines epischen und musikalischen Erzählers.«
La Stampa

04/1068/01/R